山东文化体验廊道故事丛书·下编

# 济宁
## 历史文化故事

JINING LISHI
WENHUA GUSHI

总编纂　王志民
主　编　汪　林

山东文艺出版社

**图书在版编目（CIP）数据**

济宁历史文化故事 / 汪林主编. — 济南：山东文艺
出版社，2023.9
（山东文化体验廊道故事丛书）
ISBN 978-7-5329-6978-4

Ⅰ.①济… Ⅱ.①汪… Ⅲ.①历史故事—作品集—
中国 Ⅳ.①I247.81

中国国家版本馆CIP数据核字（2023）第153817号

## 济宁历史文化故事
**JINING LISHI WENHUA GUSHI**

总编纂　王志民　　主编　汪　林

| | |
|---|---|
| **主管单位** | 山东出版传媒股份有限公司 |
| **出版发行** | 山东文艺出版社 |
| **社　　址** | 山东省济南市英雄山路189号 |
| **邮　　编** | 250002 |
| **网　　址** | www.sdwypress.com |

| | |
|---|---|
| **读者服务** | 0531-82098776（总编室） |
| | 0531-82098775（市场营销部） |
| **电子邮箱** | sdwy@sd.press.com.cn |

| | |
|---|---|
| **印　　刷** | 山东临沂新华印刷物流集团有限责任公司 |
| **开　　本** | 880毫米×1230毫米　1/32 |
| **印　　张** | 8 |
| **字　　数** | 160千 |
| **版　　次** | 2023年9月第1版 |
| **印　　次** | 2023年9月第1次印刷 |
| **书　　号** | ISBN 978-7-5329-6978-4 |
| **定　　价** | 59.00元 |

# 前　言

　　党的二十大报告明确提出："坚守中华文化立场，提炼展示中华文明的精神标识和文化精髓，加快构建中国话语和中国叙事体系，讲好中国故事、传播好中国声音，展现可信、可爱、可敬的中国形象。"习近平总书记在文化传承发展座谈会上深刻指出，要在新起点上继续推动文化繁荣、建设文化强国、建设中华民族现代文明。编纂出版《山东文化体验廊道故事丛书》（以下简称《丛书》）是深入学习贯彻党的二十大精神和习近平总书记重要指示精神，贯彻落实山东省委、省政府关于打造文化"两创"新标杆部署要求的重要举措，是立足山东文化资源优势，以沿黄河、沿大运河、沿齐长城、沿黄渤海和沿胶济铁路等文化体验廊道为轴线，以各市文化体验廊道建设为着力点，撷取历史文化精华的大型普及性学术工程，是在新的历史起点上讲好山东故事、坚定文化自信、推动文化繁荣、促进文旅结合的重点文化项目。

　　山东，古称"齐鲁之邦"，是中华文明最重要的发源地之一。奔流的黄河由山东入海，齐鲁大地是黄河文明的核心区域之一。巍峨屹立的泰山，自古以来就是历代帝王封禅之地，是中国东方上层文化的活动中心，1987年被联合国教科文组织列为中国第一个世界文化、自然双重遗产。黄渤海环绕的山东半岛是全国最大的半岛，漫长海岸线形成了丰厚的海洋文化资源，一直是中国北方海上丝绸之路的重要门户。山东又是伟大思想家、教育家孔子和孟子的故乡，是儒家文化的发源地，是中国人乃至全球华人、华裔心中的"圣地"。在被称为中华文明"轴心时代"的春秋战国时期，齐鲁是中华文明的"重心"所在：诸子百家，多出齐鲁；儒墨显学，独领风骚。齐国故都临淄，是当时最大的工商业都城，被国际足联命名为"足球起源地"；这里诞生了中国历史上最早的大学堂——稷下学宫，是诸子百家争鸣的学术文化中心；齐长城西起济水，东到大海，蜿蜒于泰沂山脉，全长一千余里，是现存最早的有准确遗迹可考、保存状况较好的古代长城；被列为世界文化遗产名录的京杭大运河，纵贯山东南北，极大影响了元明清以来山东地区的经济文化发展，鲁西沿岸城市带的崛起，成为中国南北文化交流融合的运河明珠，见证了山东地区社会文化的隆替嬗变。近代以来，随着烟台、青岛等沿海城市的崛起和胶济铁路的修筑，山东成为中西文化交流、冲突、碰撞、融合的核心地区之一，收回青岛主权成为"五四"爱国运动的导火索。革命战争年代，山东党政军民用生命和鲜血凝聚而成的"党群同心、军民情深、水乳交融、生死与共"的"沂蒙精神"，是齐鲁优秀文化、伟大建党精神与中国共产党领导的人民革命英雄主义精神的集中体现，是对山东境内沂蒙、胶东、渤海、鲁西（冀鲁豫边区）

等抗日革命根据地红色文化、革命精神的集中凝练和概括，与延安精神、井冈山精神、西柏坡精神等一起成为中国共产党人精神谱系的重要组成部分。齐鲁文化在中华文明发展中的特殊地位，山东地区源远流长、丰富厚重的文化资源，坚定文化自信和自觉的历史责任担当是我们举全省之力编纂《丛书》的内在动力。

《丛书》以国家文化公园建设为引领，以落实文化"两创"、推动"两个结合"为宗旨，以推动全省及各市文化建设为目标，是具有权威性、故事性、可读性、趣味性的历史故事集成，是一套可携带、可利用、可转化的文化读本。《丛书》分为上、下两编，上编16本，围绕"四廊一线"文化体验廊道、八大文化传承发展片区展开。"四廊一线"构筑的沿黄河、沿大运河、沿齐长城、沿黄渤海、沿胶济铁路的文化交通线纵横交错，相互联系又各具特色，其特点是以脍炙人口的故事形式联通"四廊一线"的人物事迹、重点景区、遗址遗迹等，厚植文化体验廊道的思想内涵和文化底蕴。八大文化传承发展片区，既涵盖了沂蒙、渤海、鲁西、胶东四大红色文化片区，又吸收了泰山文化、儒学文化、齐文化作为重要支撑，演奏出山东历史文化、革命文化、社会主义先进文化的时代交响。下编16本，紧紧围绕各地市优势和特色展开，主要记述本地区历史故事、文化遗址与人文景观、非物质文化遗产等内容，是推动文化廊道落地、推进片区文化建设、增强文化认同、深化文旅体验的重要载体。

《丛书》由山东省委常委、宣传部部长白玉刚统筹谋划和指导，省委宣传部专门组建学术编纂委员会负责具体实施，省直各有关部门和各市委宣传部给予大力支持配合，省内相关高校、研究机构和各市有关单位共100余位专家学者积极参与，历经酝酿策划、启动实施、提纲设计、样稿研讨、通稿审稿、编辑出版等六个阶段。2022年以来，省委、省政府先后印发《关于打造中华优秀传统文化"两创"新标杆行动计划（2022—2025年）》《关于建设文化体验廊道推动文旅融合高质量发展的实施计划（2023—2025年）》，全方位挖掘展现山东人文沃土可以深度耕作的比较优势，为《丛书》编纂做好了思想、学术和组织准备。具体编纂过程中，省委宣传部专门印发《关于做好〈丛书〉编纂工作的指导意见》，统一思想认识，作出全面部署。编委会以线上线下形式，多次召开全体会议和分组专题会议，狠抓三个重要工作节点：**一是审定编撰提纲。**通过反复研讨、交流、修改、会审等形式逐一审定编写提纲，最大程度保证全书质量。**二是树立样稿典型。**集中力量撰写、反复研讨修改，确定分类样稿，做好典型导引。**三是全力做好通稿统审。**采用主编初审、各卷主编交流互审、学术专家主审、首席专家终审等层层把关、集中审查、反复修改的方式提高稿件质量。

回顾《丛书》编纂工作，始终注意把握好以下四个方面：**一是坚定文化自信。**通过挖掘历史资料、开发历史资源、恢复历史场景等形式，获取文化营养，坚定文化自信。**二是助推文化自觉。**通过传承弘扬优秀传统文化、红色文化、社会主义先进文化，深入挖掘历史先贤和革命先烈的伟大事迹，推动文化自觉，与培育践行社会主义核心价值观有机结合。**三是落实文**

化"两创"。精选真实历史故事，注重挖掘故事背后的文化内涵，推动齐鲁优秀传统文化在新时代创造性转化和创新性发展，推进文化自信自强。**四是服务文旅融合。**借助故事、景观、遗址、非遗讲解词、短视频等融媒体形式，让广大读者在区域文化旅游、廊道文化体验中感受中华文化的博大精深，增强民族自豪感和自信心。

在内容撰写上注重四个结合：**一是与廊道体验相结合。**突出廊道建设概念，以故事为纬线，以时代发展为轴线，通过富有魅力的故事讲述，展示历史人物、景观、史实，引领读者体验传统文化的恢宏气势和博大精深。**二是与景观建设相结合。**以真实动人的故事为景观建设提供重要的历史资源和文化依据，通过一个个精品景观建设展示历史故事的丰富内涵和当代价值。**三是与文物保护相结合。**通过讲述历史故事，让广大读者进一步了解相关文物、遗址的历史文化价值，提升文物保护意识，推动群众性文物保护工作再上新台阶。**四是与媒体利用相结合。**立足于故事转化，使故事成为各类媒体传播的重要基础、蓝本和素材，成为廊道文化、片区文化讲解、传播的重要学术依据和资料来源。

《丛书》的编纂出版，是普及、传播优秀传统文化，推动文化"两创"的新尝试。衷心希望广大读者通过阅读本书，吸收丰富文化营养，多提宝贵修改意见。

编者

2023 年 8 月

# 导　语

习近平总书记在党的二十大报告中指出："中华优秀传统文化源远流长、博大精深，是中华文明的智慧结晶，其中蕴含的天下为公、民为邦本、为政以德、革故鼎新、任人唯贤、天人合一、自强不息、厚德载物、讲信修睦、亲仁善邻等，是中国人民在长期生产生活中积累的宇宙观、天下观、社会观、道德观的重要体现，同科学社会主义价值观主张具有高度契合性。"2013年11月，习近平总书记视察山东、视察济宁时，在孔子研究院组织召开座谈会，发出了传承弘扬中华优秀传统文化，推动中华优秀传统文化创造性转化、创新性发展的号召。近十年来，济宁市在弘扬中华优秀传统文化，推动中华优秀传统文化"两创"方面，可谓不遗余力，硕果累累，成绩斐然。

济宁位于山东省西南部，辖十一县市区，面积1.1万平方公里。境内东部山峦起伏，西部沃野千里，北部大河奔流，南部湖泊纵横，全境自然资源富集，人文资源更是得天独厚，享誉中外。

三皇肇启，五帝龙兴。早在五六千年以前，济宁境内就有先民繁衍生息。人文始祖伏羲、女娲、轩辕黄帝、炎帝神农氏以及蚩尤、少昊、颛顼、虞舜、大禹都曾在这片土地上，艰难探索，创造了灿烂的文化，点燃了文明的星火。西周灭商，周公封于商奄之地，其长子伯禽建立鲁国，从此，"周礼尽在鲁矣"。

参天之木，必有其根；怀山之水，必有其源。济宁是以儒家思想为主体的中华优秀传统文化的发源地。春秋时期的五大圣人——至圣孔子、亚圣孟子、复圣颜子、宗圣曾子、述圣子思子诞生于此。孔子在这里删《诗》《书》，定《礼》《乐》，序《周易》，撰《春秋》，创立儒家学派，对后世的中华文化产生了极其深远的影响。从此，"千年礼乐归东鲁，万古衣冠拜素王"。传统文化的根系在这里生发，圣贤大哲人才辈出。两汉至魏晋时期，济宁地区涌现出一批先哲大儒，为儒学进一步发展做出了重要贡献。千百年来，儒家思想薪火相传，浸润中华儿女的文化基因。春秋时期，这里还诞生了鲁班等能工巧匠，将"公输功业"传之四海，"工匠精神"万古流芳。诗仙李白、农民水利专家白英、戏剧家孔尚任等时代精英，都曾在这片土地上徜徉、耕耘、吟唱。从这里走出的公卿臣属居庙堂之高，治国安邦；贩夫走卒处江湖之远，崇德明理；他们共同为古老的济宁文化于厚重之中更添几分悠远绵长。古往今来，这片土地上涌现出众多埋头苦干的人、拼命硬干的人、为民请命的人、舍身求法的人，他们在济宁大地上演绎着各自的精彩，给后人留下了传颂不衰的佳话。

济宁还是多元文化的汇聚融合之地。英雄好汉聚义梁山，一部《水浒传》让忠义豪放的水浒文化名扬天下。巍巍宝相寺、千年兴隆塔，是佛教文化的璀璨明珠。可以说，佛教文化也是济宁历史文化的重要组成部分。烟波浩渺的微山湖，是铁道游击队的故乡。逶迤南北的大运河，催生出灿烂的运河文明。元、明、清时期管理运河的最高机构——运河河道总督衙门就设在济宁，南旺分水枢纽工程堪比都江堰。

济宁片区名胜古迹众多，国保单位数量位居全省首位，"三孔"和京杭大运河被列为世界文化遗产。伏羲庙、蚩尤冢、少昊陵、微子墓等古迹更是历经数千年风雨，巍然屹立，每块砖瓦都写满了故事。

济宁的历史文化又是包容的，多样的。元代大运河东移，"官舸商舶鳞集，麻拥于济城之下"，济宁以河兴市，儒家文化与运河文化融合交会，同生共长、交流互鉴。儒家文化的敦厚仁义与运河文化的开放包容有机地融合在一起，形成了以"沟通、包容、创新"为核心，以诚信谦和的工商文明为主体，以"敢于担当、鼎力革新"的运河精神为特质的独具特色的文化形态。

我们从浩如烟海的济宁优秀传统文化故事里，精选了八十余则故事辑成本书，虽只一粟，难尽沧海，却也能以管窥豹，得其精义，浸润后学，完成以文化人、以文育人、以文培元的光荣使命。

本书所选故事，既有历史故事、名人轶事，也有神话传说、典故等。每则故事，尽量做到以小见大、以人见事、以点见面，以精彩的片段反映出事件的意义、人物的形象，以平凡的故事折射出不平凡的精神。我们希望将济宁传统文化的丰富与精彩更直观、更真实、更立体地呈现出来，使读者能切实感受到传统文化的源远流长与博大精深。

"江山留胜迹，我辈复登临。"近十年来，济宁市深入学习贯彻习近平总书记视察山东、视察济宁重要讲话、重要指示批示精神，在省委坚强领导下，大力传承弘扬优秀传统文化，以更大力度、更高标准办好国际孔子文化节、尼山世界文明论坛，并先后成功承办了2022山东省旅游发展大会、首届中华印信文化精品展、世界互联网大会数字文明尼山对话等蜚声海内外的文化盛会，全面提升了济宁的影响力，为全方位打造全国一流文化名市、世界文明交流互鉴高地，推动中华优秀传统文化"两创"做出了突出贡献。讲好中国故事、山东故事、济宁故事，把蕴含其中的中华优秀传统文化呈现给读者，呈现给世界，共同谱写济宁文化繁荣发展的时代华章。

# 目　录

暮春之华

一

济宁是东方文明、中华文明的重要发祥地之一。远古时期，伏羲、女娲、黄帝、炎帝、蚩尤、少昊等人文始祖都曾在此活动，他们或繁衍人类，或逐鹿征伐，或建都立国，或疏河定州，这些事迹都以神话传说的形式流传下来，像一串串华丽的足迹，悠远而神秘。

深厚的文明积淀，为这片神奇的土地注入了强大的文化基因和厚重的精神底色。两千五百多年前，孔子在这里诞生，儒家思想从这里发源。从此，"千年礼乐归东鲁，万古衣冠拜素王。"圣贤大哲人才辈出。古往今来，这片土地上涌现出众多埋头苦干的人、拼命硬干的人、为民请命的人、舍身求法的人，他们在历史的长河中留下了不灭的印记以及为后人崇敬的身影和励志的故事。

# （一）文明肇始

## 1.伏羲女娲

人文先始　　创世女神

　　伏羲是华夏民族人文先始，三皇之首。相传，伏羲人首蛇身，与女娲婚配并生儿育女，作为人类始祖，他们为人类社会的进步和发展起到了巨大的推动作用，受到人类长久的尊敬和仰慕。伏羲团结统一了华夏各个部落，创造文字替代了在绳子上打结的记事方法；模仿自然界中的蜘蛛结网而制成网，用于捕鱼打猎；制定了人类的嫁娶制度，实行男女对偶制；创造中华姓氏，延续至今……伏羲一画开天，用文明灯火带领远古先民们摆脱了茹毛饮血、巢穴群居、鸿蒙未启的原始状态，跨入了文明社会的门槛。

在济宁及其周边地区现存许多纪念伏羲女娲的庙宇或遗址，微山县两城镇伏羲庙、伏羲陵，邹城市郭里镇凫山羲皇庙，嘉祥县长直集村伏羲庙，滕州市染山伏羲庙，巨野县董官屯镇人祖庙，宁阳县伏羲庙，鱼台县鱼城镇洪寺村伏羲祠等，这些被俗称为"人祖庙""爷娘庙"的古迹，为何在济宁范围内这样密集地出现呢？据《左传》记载，鲁国周边有四个小国"任、宿、须句、颛臾，风姓也，实司太皞与有济之祀，以服事诸夏"。太皞即伏羲氏，是风姓之祖。按照杜预注，四国的故址都在任国（今济宁）一带，故而济宁城乡都有伏羲传说，很多山陵也被附会成"伏羲陵"或者"画卦山"。

往事越千年。在微山湖的东岸，凫山山脉连绵起伏，山上有一座伏羲庙，当地人称为"爷娘庙"，庙里流传着一个关于人类起源的传说。

很早很早以前，一双十五六岁的姐弟，父母早亡，无家无业，就在村外一个大石龟旁边安身。一天，老石龟竟说："你们多煮点野菜，也给我一些吃。"于是姐弟俩天天喂老石龟吃饭。有一天，突然山摇地动，暴雨成灾。老石龟把大嘴一张，说："快到我肚里来吧。"姐弟俩爬进石龟肚里，里面存了好多煮熟的野菜。老石龟在水里凫呀凫，不知凫了多少日子，老石龟让姐弟俩出来凉快凉快。姐弟俩爬出来一看，他们已到了一座大山顶上，四处是茫茫大水，老石龟说："这个世界上只剩你姐弟二人了，今后要靠你俩繁衍后代，创造一个新世界。"老石龟说完就不见了。

过了一段时间，山上来了一位道人，说是奉玉皇大帝的旨意，叫姐弟俩结为夫妇，以繁衍后代。姐弟不同意，道人拿出一盘石磨，姐姐一个下盘，弟弟一个上盘，姐姐上西山，弟弟上东山，把磨棋往下滚，如两盘磨能滚到一处相对，姐弟就成婚，对不上就不成婚。姐弟俩同意了，各自带磨上了山，往下一撒手，就见两个磨像吸铁石一样，自动滚到一处，合为一盘磨。姐弟二人知是天意，只好答应。老道人插草为香叫他俩拜堂成亲，随后，老道人没了影儿。姐弟俩怎样繁衍人类呢？姐姐说："咱就用泥捏人吧。"于是，姐弟俩天天和泥捏人，开始捏人没经验，捏得皮肤粗糙，也不俊俏，后来越捏越精细，捏好晒干放进山洞里，过了七七四十九天，泥人真的都会走路了，就这样一批一批地走了。

有一天，突然下起雨来，姐弟俩赶忙把捏好未晒干的泥人往山洞里拾，雨下大了，来不及拾，就用扫帚扫，有的胳膊被扫断了，有的腿被扫掉了，有的眼睛被戳瞎了，因此世界上有了瘸腿、瞎眼和断臂的人。现在人身上有搓不完的泥灰，就是因为人是老祖先用泥捏成的。

后来，人们把石龟凫水落脚的山取名为凫山，又在姐弟俩居住的山洞前建造了伏羲庙，以纪念伏羲和女娲的创世功德。如今，伏羲庙是全国重点文物保护单位。

## 2. 黄帝

生乎寿丘　龙腾四海

寿丘庆寿碑（李晖摄）

在曲阜明故城的东面，有一处隆起的高地，人称"寿丘"，相传是华夏族的祖先黄帝降生的地方。皇甫谧云："黄帝生于寿丘，在鲁城东门之北。居轩辕之丘，《山海经》云'此地穷桑之际，西射之南'是也。"

远古时期，在黄河中下游有一个以龙为图腾的部落，君主名曰少典，是传说中的燧人氏与华胥氏之孙、伏羲与女娲之子，建都于有熊，亦称有熊氏。他是伏羲帝和女娲帝直系的第七十七帝，他的夫人有二，一是任姒（女登），二是附宝，她们是姐妹，是有蛴氏之女。

传说，春天的一天晚上，附宝在祁郊野外向苍天祈祷，见一道电光环绕着北斗枢星，随即那颗枢星就掉落下来。附宝全身麻木，眼花缭乱，不久就身怀有孕了。当时的巫婆也到处奔走相告："不久这里必有圣人降生！"

怀胎二十五个月后，天空出现五彩祥云，百鸟朝凤，黄帝在沮水河畔，沮源关降龙峡出生了。民间有俗语，二月二，龙抬头，三月三，生轩辕。黄帝的诞辰日是农历三月三，也是中华儿女共同的节日。

司马迁写《史记·五帝本纪》记载，黄帝"生而神灵，弱而能言，幼而徇齐，长而敦敏，成而聪明。"意思说，黄帝一生下来，就显得异常的神灵，生下没多久，便能说话。长到七八岁时，就有大人风度，十二三岁就有大智慧。到了十五岁，已经无所不通了。后来他继承了有熊国君的王位。因他发明了轩冕，故称之为轩辕。又因他以土德称王，土色为黄，故称作黄帝。

雍父是黄帝的大臣，有凿石制作的本领。雍父受黄帝之命研制出了舂米用的杵和臼，并教会百姓舂谷去皮，煮米为饭。因雍父制杵臼有功，黄帝将其研制杵臼的地方封作他的食邑。雍父便在此筑城而居，称为雍氏城。也就是今天的禹州市古城镇。

古时中原地区常年洪水泛滥，人们多居洞穴，每到山下取水，苦于没有容器。一天，黄帝的重臣宁封子烤烧野兽的时候，在火中得到硬泥，从而领悟出烧陶的道理，于是便就地取材，建窑烧陶，四季不断。烧毁之瓮，无处堆积，遂用以砌墙，久而如城，称为瓮城。

黄帝在得到广成子的教化后，便在崆峒山上建观修道，参悟自然轮回、万物生长规律，并且常与精通医术的岐伯、精通中药炮制的雷公等大臣坐而论医，阐述病理，以"岐黄之术"教民疗治百病。

雷公，是黄帝的重臣，因通晓药理，善于针灸，被黄帝封于禹州方山一带，是方雷邝氏的始祖。雷公一生在此潜心研究医学，其传下来的中药炮制技术一直沿用至今。

相传，黄帝游历天下时，得到一种神兽叫"白泽"，黄帝在逍遥观修道时与"白泽"为伴，改称"白猿"。为了强身健体，黄帝经常与白猿对拳，逐渐摸索出一套拳法，因世人奉黄帝为黄龙，故称黄龙拳。据说黄龙拳秘籍封存于崆峒山石门洞内，给世人留下了难解之谜。广成子传黄帝一部《自然经》，并授其治国理政、天地至道及长寿之精要。黄帝得到治理天下之精髓，带领群臣勤劳焦思、励精图治，开启了源远流长的中华文明。相传，黄帝暮年再访广成子，退隐崆峒山，活了一百二十岁，在逍遥观得道成仙。

北宋年间，宋真宗赵恒尊黄帝为赵姓始祖，诏令改曲阜县为仙源县，并于曲阜寿丘起建景灵宫、太极观进行祭祀。景灵宫建筑群规模宏大，有殿、堂、亭、庑等1320间，占地1800亩，是今天曲阜孔庙的好几倍，是当时礼制最高的庙宇，元代忽必烈入主中原后，推崇黄帝，下令重修景灵宫，准许汉人祭祀黄帝，后景灵宫毁于元末战乱。其北即是著名的寿丘、少昊陵。

## 3. 蚩尤

### 蚩尤冢里蚩尤旗

蚩尤像

蚩尤冢，位于汶上县西南的南旺镇，坐北向南，古木参天。

蚩尤，是中华民族历史上的杰出人物，是与黄帝、炎帝同时代的部落首领和民族领袖。当时，黄帝是黄河流域最有名的一位部落首领，另一位有名的部落首领叫炎帝。在长江流域有一个九黎族，他们的首领叫蚩尤，十分强悍。

传说，蚩尤有八十一个兄弟，他们个个人面兽身，铜头铁额，凶猛无比。他们擅长制造刀剑、弓弩等各种各样的兵器。蚩尤常常带领他强大的部落，侵略骚扰别的部落。有一次，蚩尤侵占了炎帝的地方，炎帝起兵抵抗，但他不是蚩尤的对手，被蚩尤杀得一败涂地。炎帝没办法，逃到黄帝所在的地方请求帮助。黄帝早就想除掉蚩尤这个部落的祸害，于是联合各部落首领，在涿鹿的田野上和蚩尤展开一场大决战，这就是著名的"涿鹿大战"。

战争之初，蚩尤凭借良好的武器和勇猛的士兵，连连取胜。后来，黄帝请来龙和其他奇怪的猛兽助战。蚩尤的兵士虽然凶猛，但遇到黄帝的军队，加上一群猛兽，也抵挡不住，纷纷败逃。

黄帝带领兵士乘胜追杀，忽然天昏地黑，浓雾迷漫，狂风大作，雷电交加，天上下起暴雨，黄帝的兵士无法继续追赶。原来蚩尤请了"风神"和"雨神"来助战。黄帝也不甘示弱，请来天上的"旱神"帮忙，驱散了风雨。刹那间，风止雨停，晴空万里。

蚩尤又用妖术制造了一场大雾，叫作"蚩尤旗"，整个大地笼罩在赤色的云雾之中，使黄帝的兵士迷失了方向。黄帝利用天上的北斗星永远指向北方的现象，造了一辆"指南车"，指引兵士冲出迷雾。

经过许多次激烈的战斗，黄帝先后杀死了蚩尤的八十一个兄弟，并最终活捉了蚩尤。黄帝下令给蚩尤戴上枷锁，然后处死他。因为害怕蚩尤死后作怪，便将他的头埋葬在汶上，而将他的身躯埋到了巨野。蚩尤戴过的枷锁被扔在荒山上，化成了一片枫林。据说，每一片血红的枫叶，都是蚩尤的斑斑血迹……

蚩尤的后人在埋葬蚩尤的地方建了阚城（今汶上县南旺镇），为蚩尤守墓祭灵。蚩尤的后人就都姓阚了，他们每年十月祭祀蚩尤，每当这一天，蚩尤冢便有赤气生出，有时上黄下白，直通云霄，像悬挂着一面巨大的旌旗，人称"蚩尤旗"。

## 4. 少昊

### 凤鸟图腾的氏族部落

少昊陵（李晖摄）

中国古代"三皇五帝"之一的少昊的陵墓，位于曲阜城东四公里的旧县村。据记载，少昊建都穷桑，后徙曲阜，在位八十四年，寿百岁而终。

传说少昊诞生时，五只颜色各异的凤凰，按五方的颜色红、黄、青、白、玄排列着，飞落在少昊氏的院里，因此少昊又称为"凤鸟氏"。

少昊在父母精心教育下，具有神奇的禀赋和超凡的本领。少昊长大后，成为本氏族的首领，后又成为整个东夷部落的首领。少昊开始以玄鸟，即燕子作为本部落的图腾，后在穷桑继承首领位时，有凤鸟飞来，少昊大喜，于是改以凤鸟为族神，崇拜凤鸟图腾。迁都曲阜后，所辖部族以鸟为名，有凤鸟氏、玄鸟氏、青鸟氏，共二十四个氏族，形成一个庞大的以凤鸟为图腾的完整的氏族部落社会。

据传，少昊先在东海之滨建立一个国家，并制定了一套奇异的制度：让各种各样的鸟儿做文武百官。具体的分工则是根据不同鸟类的特点来进行。凤凰总管百鸟，燕子掌管春天，伯劳掌管夏天，鹦雀掌管秋天，锦鸡掌管冬天。除此之外，他又派了五种鸟来管理日常事务。孝顺的鹁鸪掌管教育，凶猛的鸷鸟掌管军事，公平的布谷掌管建筑，威严的雄鹰掌管法律，善辩的斑鸠掌管言论。各种鸟儿在少昊这里各尽其才，各司其职，协调活动。因此，一到开会的时间，百鸟齐鸣，一时间，莺歌燕语，嘈嘈杂杂。有轻盈灵巧的麻雀，有五彩斑斓的凤凰，有普普通通的喜鹊，也有引人注目的孔雀。一国之君少昊就根据诸鸟的汇报来论功行赏，论过行罚，一切都显得那么井井有条。百鸟们无不感激少昊的慈爱和德政，无不佩服少昊的智慧和才华。

少昊见百鸟之国到处呈现繁荣向上的景象，十分欣慰。他为了百鸟之国能更加兴旺发达，便请来年幼聪敏、很有才干的侄儿颛顼帮助料理朝政。颛顼不负众望，干得十分出色，深得叔父的赏识。少昊见侄子常常累得嫩脸上挂着汗珠，于心不忍，就将祖先传下来的古琴搬出来，手把手教颛顼弹奏，以便使侄子提神和放松。

颛顼聪慧好学，很快就成为抚琴高手。他的精湛琴艺，赢得了百鸟的齐声喝彩，自然而然地超过了叔父少昊。几年后，颛顼长大成人，回到了自己的国家，成为北方的天帝。颛顼一离开，少昊便觉得空荡荡的，心里别提有多寂寞了。每当看到古琴，便增添思念和烦恼。他觉得物在人已去，离愁难消。于是，他把古琴扔进了东海。从此，每当更深夜静、月朗星稀的时候，那平静的海面便飘荡着婉转悠扬、凄凄切切的琴声，让人流连忘返，感叹不已。

## 5. 大禹

### 治水定九州的传说

古兖州区域要比现在大得多，包括今河南省的东北部、山东省的西部及河北省的东南部一带。大禹治水的主要区域就在古兖州，并在此划定九州。

传说，尧还在世的时候，中原一带洪水泛滥，给人民带来了无尽的灾难。部落首领尧为了解决水患，听从大家的意见，让鲧去治水。鲧到治水的地方以后，沿用了过去传统掩堵的办法，治水九年，劳民伤财，没有把洪水制服。后来舜开始操理朝政，他所碰到的首要问题也是治水，他首先革去了鲧的职务，将他流放到羽山，后来鲧就死在了那里。

舜征求大臣们的意见，看谁能治理洪水，大臣们都推荐禹，他们说："禹虽然是鲧的儿子，但是他比他父亲的德行能力都强多了，这个人为人谦逊，待人有礼，做事认真，生活也非常俭朴。"舜并不因禹是鲧的儿子而轻视他，而是把治水的重任交给了他。大禹实在是一个贤良的人，他并不因舜处罚了他的父亲就记恨他，而是欣然接受了治水任务。他暗下定决心："我的父亲因为没有治好水，给人民带来了苦难，我一定努力为百姓驱除水患。"当时，大禹刚刚结婚四天，他的妻子涂山氏是一位贤惠的女人，同意丈夫前去，大禹洒泪和恩爱的妻子告别，踏上了征程。

禹带领着伯益、后稷和一批助手，跋山涉水、风餐露宿，走遍了当时中原大地的山山水水，穷乡僻壤、人迹罕至的地方都留下了他们的足迹。大禹左手拿着准绳，右手拿着规矩，走到哪里就量到哪里。他吸取了父亲采用掩堵方法治水的教训，发明了一种疏导治水的新方法，其要点就是疏通水道，使得水能够顺利地东流入海。大禹每发现一个地方需要治理，就到各个部落去发动群众来施工，每当水利工程开始的时候，他都和人民在一起劳动，吃在工地，睡在工地，挖山掘石，披星戴月地干。他生活俭朴，住在很矮的茅草屋子里，吃得比一般百姓还要差。他治水三过家门而不入，有一次他路过自己的家，听到小孩的哭声，那是他的妻子涂山氏刚给他生了一个儿子，他多么想回去亲眼看看妻子和孩子，但是他一想到治水任务艰巨，只得向家中那间茅屋行了一个大礼，眼里噙着泪水，骑马飞奔而去了。

大禹根据山川地理情况，将中国分为九个州，就是：冀州、青州、徐州、兖州、扬州、梁州、豫州、雍州、荆州。处于黄河下游的兖州、青州水系庞大，水患严重，他带人长年在兖州一带治水，他先治理土地，该疏通的疏通，该平整的平整，使得兖州地区的土地变成了肥沃的良田。

## 6. 少康

### 励志复国

大禹到了晚年，把天下传给了儿子启，启成为夏朝开国的君主。启死后，他的长子太康继位。传说太康在位期间不理政事，终日沉溺于游猎，或游山玩水，一去数月，结果被有穷氏首领后羿趁机夺取了江山，史称"太康失国"。

太康死后，后羿立太康之弟仲康为傀儡君主。仲康死后，又立仲康之子相为夏王。后羿虽把持了夏国的权力，因喜欢射箭，他也和太康一样，四处打猎，于是大权旁落。他的亲信寒浞经过二十年的经营，逐步掌握了夏国的实权，寒浞率军打败了方国斟灌氏和斟鄩氏（均今山东东部），又消灭了夏王相的残军。寒浞杀死后羿和夏王相后，自立为夏王。在这场动乱中，夏王相的妻子后缗在城破之际，逃回娘家——有仍氏国，不久生下了相的遗腹子，即少康。

史籍记载，有仍氏是太昊、少昊后裔，建立的国家称"任"，是上古时期四个风姓古国中最古老的一个，也是中华文明中最

少康像

早建立的族邦国家之一，这个族邦国家到了夏王朝时期，是位居东方的一个富庶强大的部落方国，在夏朝之前已经进入了父系社会。有仍氏国的位置在今山东省济宁市的任城区、微山县、金乡县境内。

再说少康，在有仍氏国隐姓埋名渐渐长大。初懂人事后，母亲后缗便将亡国的惨痛经过告诉了他，令其立志报仇雪耻，复兴夏国。亡国之耻令少康极为沉痛，更成为其矢志复国的动力。随着年龄的增长，少康做了有仍氏国的牧正（畜牧官）。他经常到水草丰沛的城外去放牧，牛羊吃草的时候，他便手不释卷，学习天地古往之道，治乱兴亡之故，抚士安民之术。他带去的午饭挂在树枝上，常常忘了吃。高粱米做的食物风吹日晒，时间一长变馊了，发酵的高粱米产生的汁水色清如泉，味甘醇厚，饮后缓解疲劳，令人飘然欲仙。少康在有仍氏国放牧时，一不小心竟成了制酒业的祖师爷。《说文解字·巾部》称："古者少康初作箕、帚、秫酒。少康，杜康也，葬长垣。"意思是说，少康最早制作畚箕和扫帚，还用秫米酿出了酒，成了造酒的祖师爷"杜康"。

言归正传。虽然少康隐藏在有仍氏国的消息鲜有人知，但还是被寒浞知道了。为逃避寒浞的追杀，少康又逃亡到有虞氏部落（今河南虞城县），并当上了有虞氏国君的庖正（厨官）。有虞氏国君对夏国的灭亡很是痛心，同时对于寒浞的残暴统治极为愤恨，对这位流亡的王子寄予厚望。不仅将女儿嫁给他，还赠予他"田一成（方圆十里）、众一旅（五百人）"。

少康正是依靠着这方圆十里、人口五百的根据地，日夜谋划复国大业，并将部众全部训练成以一敌百的猛士。随后，少康又联络夏朝遗臣，斟灌氏、斟鄩氏逃散的族人，将他们组建成一支复国大军。在招兵买马的同时，少康派间谍女艾前往寒浞两个儿子豷和殪的封地，离间他们兄弟之间的关系，挑拨他们与父王寒浞的是非。豷和殪果然中计，当他们兄弟发动兵变时，少康趁机率兵冲入王宫，杀了寒浞，夺回天下，光复夏朝，成为夏朝第六位君主。

少康复国后，勤于政事，很有贤名。在他的治理下，夏朝国泰民安，出现了繁荣安定的盛世景象，史称"少康中兴"。

# 7. 微子

**弃官隐居在微山**

微子名启，是商纣王的大哥。商纣王继位后，终日沉湎酒色、穷兵黩武、重刑厚敛、拒谏饰非。微子作为王公常常苦口婆心地劝说纣王整顿朝纲，以兴大业。谁知，纣王把大哥的好心当成了驴肝肺，不仅疏远了微子，后来还生出了加害之心。微子无奈，只好弃官出走，隐居他乡。再后来，周武王灭掉了商朝，纣王自焚而死。周武王占领殷都朝歌（今河南淇县）后，微子光着膀子，自捆身体，带着商朝王室的祭器向武王请罪；武王说，不能断绝了殷商的血脉，于是将微子封回了商族的发

微子墓（李晖摄）

18

祥地——商丘，国号为宋，爵位仍是王公，准其执天子礼。至春秋战国时，只有两个诸侯国被允许执天子礼，一个是鲁国，因为它是周朝的后裔，另一个就是宋国，因为它是殷商的后裔。微子成为宋国的开国君主，仁慈贤达，深受殷商遗民的爱戴。

说起微子弃官出走的故事，民间有个传说。微子逃出朝歌后，日夜兼程，来到宋、鲁交界处，见一座孤山被大河环绕，心想这正是隐居的好地方。他爬到山顶，远眺日落西山，近观茂林修竹，脚下花草葱茏，随风吹来阵阵饭香，微子顿觉饥肠辘辘。他发现丛林深处有间茅草屋，炊烟袅袅，便直奔而去。屋内只有母女二人在做饭，微子道："请老妈妈发发慈悲，可怜可怜微子，我已几天没进谷粟了。"老妈妈热情地说："大贤人快快进屋吧。"微子一愣，难道这老妈妈知道我的底细？于是随口说道："我乃逃难之人，四海为家，我看此处山清水秀，想在此地落脚生根。"老妈妈说："你是逃难之人，俺娘俩是受苦之人。女儿快端上粗茶淡饭，请大贤人填饱肚子吧！"微子这时又累又饿，见了饭菜一阵狼吞虎咽，吃饱喝足之后，顿觉浑身酸懒，两眼一眯就打起鼾来。一觉醒来，唉！自己竟睡在了人家闺女的床上，他立时面红耳赤，急忙下床，向老妈妈叩谢告辞。老妈妈说："你已在我女儿的床上睡了一夜，这本有悖常理，念你无处安身，我这女儿尚未婚配，你们就结为夫妇吧。"微子想想自己已无路可走，便点头应允下来。老妈妈把微子和女儿拉进屋里，插草为香，让二人拜了天地，结为夫妇。传说，老妈妈是南海观世音下凡，专为成就这段姻缘而来，以不绝成汤香火，繁衍殷商后裔。

再后来，微子寿终正寝，就葬在这座孤山的最高峰，后人把这座山称为微山。今之微山岛、微山湖、微山县皆因此而得名。

## 8. 周公之问

齐鲁之别

周公像

齐鲁是山东的代称，齐鲁文化源远流长。

齐国的开国国君是姜太公吕尚，他是西周的太师，带领军队攻打商纣王，周朝建立之后，实行分封制，姜太公被分封到东部的齐国。姜太公的女儿邑姜嫁给了周武王，他是周天子的岳父。

周公旦是周文王的第四个儿子，周武王的弟弟，也是周武王灭商的股肱之臣，周公被分封在东部商奄之地的鲁国，因为成王年幼，周公要留在镐京辅佐成王，就让其长子伯禽到鲁国来担任国君。

姜太公要启程去齐国的时候，周公前去给太公送行。

周公问姜太公："你将来准备怎么治理您的国家呢？"

姜太公自信地说："我将实行'尚贤''尚功'的政策，尊重有德行的人，尊重有功劳的人，让这些人来治理国家。您认为怎么样？"

周公听了后，不以为然地摇摇头，说："如果是那样的话，你的国家可能很强大，但是，你的国家将来要被人篡位，不在你的后代手中了。"

姜太公听了大惊，问道："那你们鲁国将来怎么治理呢？"

周公说："我治理国家就是'亲亲''尚恩'，按照血脉亲疏关系来治理国家，让我的兄弟和子孙们都当官，祖祖辈辈都是贵族。"

姜太公听了以后，也摇摇头，说："我觉得这样不好。国家就会非常贫弱，你们要受欺负了。"

周公说："是啊，我鲁国可能以后不会很强大，也可能受到别的国家的欺负，但是能够保证我们的国家永远掌握在我的后代手里啊，我有一个请求，我们的后代都不要互相欺负，我们现在就结盟吧。"

周公和姜太公就结盟了，盟书就存在周天子的盟府里。这个故事，收录在《吕氏春秋·长见篇》。

姜太公到了齐国之后，"因其俗，简其礼"，大力发展工商业，发展鱼盐之利，让人民休养生息。到了齐桓公时期，齐国任用管仲为相，为了发展经济，他在国中设二十一乡，其中工商六乡，士十五乡。人口越来越多，以至"摩肩接踵""挥汗如雨"。

而鲁国历代国君都以"先君周公制周礼"而自豪，"周礼尽在鲁矣"，鲁国担任卿大夫的都是周公之后，普通人没有当官的机会。经济上鲁国实行重农抑商政策。

周公和姜太公的言论都应验了。齐国后来走上了富国强兵的道路，春秋时期，齐国高举"尊王攘夷"旗号，"九合诸侯"，成为春秋首霸，在春秋五霸、战国七雄当中，都有齐国。而鲁国一直没有称霸。到了战国后期，各国的国君都称王了，甚至出现了魏、赵、韩、燕、中山五国君主相互称王的"五国相王"事件，鲁国依然不敢称王，在诸侯争霸的夹缝中摇摇欲坠。

但是，到了战国初年，来自陈国的田氏实力不断增强，取代了齐国姜姓吕氏，成为齐侯，虽然也称齐国，但已经不是姜子牙后代的齐国了。

而鲁国，国君一直都是周公姬姓的后裔，一直到公元前249年鲁国灭亡为止。这也应了周公和姜太公最初的预言。

由于齐强鲁弱，齐国和鲁国经常发生纠纷，每当齐国来攻打鲁国的时候，鲁国的大夫就要到边界上去迎接，说当年周公和太公结盟这件事，盟书还在天子那里呢，你们可不能破坏当初的约定，齐国就不好意思动武了。甚至有几次，在鲁国发生内乱的时候，齐国君臣因为鲁国"犹秉周礼"，而放弃了灭鲁国的机会。最后鲁国不是亡于齐国，而是亡于楚国之手。

可以说，周公和姜太公不同的治国思想，让后来齐鲁两国的发展走上了不同的道路，也为齐鲁文化奠定了不同的基调，造成了不同的地域性格，影响深远。古代的齐国，务实肯干，经济一直较为发达；而鲁国一带比较注重人情，讲究礼仪，经济相对落后。

## 9. 伯禽治鲁

**变其俗，革其礼**

周公被封到鲁国，但是他要辅佐成王，就让长子伯禽代为就封，到东方的旧奄之地建立鲁国。

伯禽带着周天子分封的大车、绣有龙凤的旌旗、夏后氏的璜玉、封父的良弓，

伯禽像

还有殷朝留下来的六个大家族，他们是条氏、徐氏、萧氏、索氏、长勺氏、尾勺氏，让他们率领本宗各氏族，集合其余的小宗族，还有六族各自的奴隶们，以及朝廷里的太祝、宗人、太卜、太史等百官，带着服用、器物、典籍、简册和祭祀用的彝器去到鲁国。

来到了东鲁，伯禽用商代的政策来征收赋税，用周国绳子的尺寸来丈量土地。伯禽在宫殿西侧修筑了一座高高的土台，遇到困难的时候，他就登上高台，眺望西方。他想：父亲如果在这里，遇到这种棘手的问题，会怎么处理呢？想着想着，伯禽的心中就有了主意。鲁国人都称那座伯禽常去的高台为"望父台"。

鲁国的殷人爱喝酒，伯禽不允许他们喝酒，还用商纣王喝酒丧国的教训来教导他们，殷人改喝低度的薄酒，伯禽同意了，在鲁国推行低度的薄酒。殷人旧俗，在丧葬的时候，要杀人殉葬，伯禽制止他们的这种做法，让殷人用杀狗来代替。殷人都是三年之丧，父母死了以后，要为父母守孝三年，三年中，不能宴饮、娱乐，也不能出去工作。伯禽认为为父母守孝三年的做法很好，就在全国推行。

由于伯禽勤勤恳恳，下大力治理鲁国，社会渐渐安定下来，人口也增加了很多。伯禽把鲁国的土地、人民按照周公设计的国野乡遂制度，建立了自己的乡遂管理体制。周天子国都附近是六乡六遂，鲁国按照地区和人口，设立了三乡三遂。

原来被平定的徐戎和淮夷不甘心失败，又纠集起来造反了。甚至一次次跑到鲁国都城的东门外挑衅。伯禽一边让人关上东门，不允许放敌人进来，一边积极准备出击，把敌人一举消灭。

秋天到来的时候，各乡各遂的人都准备好了，伯禽下令在鲁国东郊的费邑集结军队。河边的空地上，人声鼎沸，旌旗猎猎，一排排兵器寒光粼粼。鲁公伯禽一身皮弁戎装，带头宣誓，然后向徐戎、淮夷的老巢发起了进攻。在迅速发展壮大起来的鲁国面前，这些徐戎、淮夷的部落不堪一击，有的部落被大军全部歼灭，有的部落则逃之夭夭，不见踪影了。

鲁国安定下来以后，伯禽感到十分欣慰。这时候，第一批在鲁国举行葬礼的人家，守孝已经满了三年了，鲁国的风气也得到了很好的转变，其辖区北至泰山，南达徐淮，东至黄海，西抵阳谷一带，成为周王朝控制东方的一个重要邦国。

伯禽回去给父亲和成王述职。周公看到儿子，问道："你怎么回来得这么晚啊？人家姜太公去了齐国五个月就回来述职了。"

伯禽说："我要按照父亲的礼制来治理国家，变其俗，革其礼，还要结合当地的实际进行。比如说，我在那里推行三年之丧，要等到举行丧礼的人家三年丧满后，才能看到成效如何呀。"

周公看着伯禽，又爱又气，说："傻孩子啊，你让我说你什么好呢？鲁国以后免不了要面向北面的齐国，世世代代受齐国的欺负了！"

伯禽大惊，问道："为什么？"

周公说："政令不简约，不易于实行，百姓就不会对它亲近；政令简单易行，百姓就必定会归附。"

伯禽听了，说："父亲，我明白了！"

# （二）儒家五圣

## 1. 孔子

**儒家学派创始人**

孔子像

孔子是一位文化巨人，被后世称为"至圣先师"或"圣人"。以他的学说为核心的儒家思想，是构建中华民族思想文化的重要内容，不仅对中国历史文化的发展进程起着重要作用，对世界历史文化的丰富和发展也产生了深远而广泛的影响。孔子曾被联合国教科文组织确认为"世界十大文化名人"之首。

孔子，名丘，字仲尼。

"子"是古代对男人的尊称，"仲"是排行老二。孔子生于鲁襄公二十二年（前551）夏历八月二十七日（阳历9月28日）。比佛教的创始人释迦牟尼（相传生于公元前566年），晚生十几年；比希腊著名哲学家苏格拉底早生八十多年；比耶稣的诞生早了五百五十年。

孔子的祖先是商朝的贵族，被分封到宋国，后为躲避战乱，迁往鲁国陬邑定居。到孔子的父亲叔梁纥这辈时，已与平民无异了。叔梁纥是位武士，立过战功，晚年做了陬邑大夫。孔子三岁时，叔梁纥就病故了。母亲颜征在带着孔子迁往鲁国都城曲阜居住，过着清贫的生活。孔子自幼好学，童年时做游戏，便模仿祭祀行礼。年长后，为了生活，他给人放过羊，甚至在人家的婚喜丧事上充当吹鼓手。孔子自己曾说："吾少也贱，故多能鄙事。"贫困的生活环境锻炼了孔子，使他意志坚强，人格高尚。他刻苦学习，发愤忘食，乐以忘忧，从十五岁起，便确立了学习的志向，孜孜不倦。他通过自学和向人请教，掌握了当时社会评价一个人博学的标准——必须精通的"六艺"。"六艺"是指礼（礼节）、乐（六乐）、射（射箭）、御（驾车）、书（认字写字）、数（算术）。孔子三十岁左右时，又进一步掌握了高级的"六经"，即《诗》《书》《礼》《乐》《易》《春秋》，并开始收徒讲学，为官学下移开辟了道路，为私人办学开了先河。由于孔子学业德行的广博深厚，他的门下聚集了无数的学生。他号称弟子三千，精通六艺者七十二人。

孔子五十一岁时出任中都（今山东汶上县）宰，他以德感人，以礼教民，并制定了"养生送死"的制度，因此干得非常出色，不出一年，周围郡邑都来效仿。中都是儒家思想的首次实现地，孔子所倡导的思想主张，在他做中都宰时实现了。因为这次成功，鲁定公升孔子为鲁国司空（掌管建筑工程的官），不久又提升他做了司寇（掌管司法兼理外交的官）。孔子在鲁从政仅仅四年的时间，但在这期间却显露出非凡的政治才干。五十五岁那年，孔子弃官离鲁，为了"求仕"，以便有机会参与国政，实现他"仁政德治"的思想，开始周游列国。他先后到过卫、陈、曹、宋、郑、蔡、楚等国，这些国家主要分布在今山东、河南两省。在当时交通条件极不方便的情况下，孔子带着一批学生，花了十四年的时间，访问了一些国家，推行其"仁政德治"思想，虽经历艰难，四处碰壁，他却不灰心丧志，这种奋斗不懈的精神，仍值得我们后人学习。

孔子六十八岁那年，结束了颠沛流离的生活，回到鲁国，被鲁哀公尊为"国老"。这一时期，孔子主要对以"六艺"为代表的古代文献资料进行整理，为中国古代文化承上启下发挥了重要作用。孔子开创了私人著书立说的学术风气，为中国历史上著名的"百家争鸣"奠定了基础。孔子的晚年在政治上受到冷遇，生活上也一再不幸。他的夫人亓官氏、儿子孔鲤、弟子颜回和子路等至亲至爱的人，都先孔子而去。鲁哀公十六年（前479）夏历二月十一日，孔子离开了人间，享年七十三岁。

孔子不仅是我国历史上影响最大的思想家和教育家，而且是一位闻名世界的人物。早在汉唐时代，孔子的学说便传播到了东南亚，尤其是韩国、日本和越南，对这些国家的封建政治、经济和文化发展，起到了一定的促进作用。到了十八世纪，孔子的学说又传入欧洲，进而波及全世界。所以说，孔子的思想学说是人类文化宝库的重要组成部分。

## 2. 颜子

### 孔子最得意的弟子

颜子（前521—前490），即颜回，字子渊，也称"颜渊"。春秋末期鲁国人。颜回家境贫穷，居陋巷，箪食瓢饮，但好学不倦，终生追随孔子，是孔子最得意的门生。孔子对颜回有很高的评价，把他视为自己"德行"科最优秀的学生。

颜子像

颜回少年时，家境贫寒，他平时用一个竹碗吃饭，一个瓢喝水，住在简陋的小巷子里，别人都忍受不了这份苦，颜回却照样快乐。孔子因而赞叹道："贤哉，回也！一箪食，一瓢饮，在陋巷，人不堪其忧，回也不改其乐。贤哉，回也！"

颜回性格忠厚内向，他聪敏过人，深思善学，在孔门弟子中悟性最高，对孔子所讲能闻一知十，是孔子最得意的弟子。孔子说他"三月不违仁"。颜回谦虚好学，用心思考老师的每一句话，最终达到了"闻一知十"的境界，成为家贫好学的典范。

颜回尊敬老师，恪守学问之道。孔子说，我整天给颜回讲学，他从来没提出过什么不同的意见，像个愚笨的人。但观察他私下和别人谈论，才发现他对我的见解阐释得十分准确，非常到位。这种尊重老师，不轻易从知识上当面辩驳老师的做法，大概在颜回身上得到了很好的体现。但颜回之所以尊重老师，是他佩服老师的学问。他曾经感慨道：老师的思想和学问，我抬头仰望它，愈望愈觉得高，我研究它，愈钻愈觉得深。看见它好像在前，一忽儿又好像到后面去了。老师善于循序渐进地引导我，用文献典籍丰富我的知识，用礼节约束我的行为，使我想停止学习也不能。我已经用尽了自己的才力，它好像仍然矗立在我的前面。虽然想攀登上去，却感到没有路可上去。这无疑是颜回对孔子学问、教学的最高赞美了，这种发自内心的赞美，自然赢得了孔子的由衷喜爱。所以孔子说，颜回对我的话是无所不喜欢。并且有点遗憾地说，回也，非助我者也。但一个老师，能够找到在学问上"狂热"追随自己的人，无疑是一件幸事。

孔子曾把颜回和其他弟子做过比较，说颜回的言行能够长期不离开仁德，而其他弟子只能短时间想到仁德。颜回曾经问孔子什么是仁德，引出了孔子那段经典的"非礼勿视，非礼勿听，非礼勿言，非礼勿动。"颜回点头道："弟子即使不才，也要照先生的话切实去做。"

颜回尊师重道，曾跟随孔子周游列国，过匡地受困及在陈国绝粮时，子路等人对孔子的学说产生了怀疑，而颜回始终不渝地坚持孔子之道，并解释道："夫子之道至大也，故天下莫能容夫子。"

颜回先孔子而逝，葬于曲阜城东防山。孔子对于颜回的早逝极为悲痛，哀叹道："噫！，天丧予！"颜回一生没有做过官，也没有留下传世之作，他的言行多见于《论语》等书。后代对其多有追封，唐宋时期被封为"兖公""兖国公"，元代被封为"兖国复圣公"，其后多尊称颜回为"复圣"。

## 3. 曾子

### 承上启下的"宗圣"

曾子（前505—前435），名参，字子舆。春秋末年鲁国南武城（今山东嘉祥县）人。他出身于没落贵族家庭，少年时就参加农业劳动。后从师孔子，他勤奋好学，颇得孔子真传。他积极推行儒家主张，传播儒家思想，并在修身和躬行孝道上颇有建树。曾子是孔子学说的主要继承人和传播者，在儒家文化中居于承上启下的重要地位。曾子上承孔子，下传子思，孟子又学于"子思之门人"。孟子把儒学发扬光大，到西汉武帝时"罢黜百家，独尊儒术"，儒学成为国学。时至今日，儒家文化仍是中国传统文化的代表，以至在全世界都有着重大影响。曾子因此被后世尊奉为"宗圣"。

传说，曾参是个思维迟钝、处事极不灵活的人。他由父亲曾点带入孔门后，终日手不离卷，有人奉承他，也有人取笑他。他就对人说："我并不是捧着书本装出一副刻苦用功的样子，而是我的记性不好，别人一遍就能通晓的事理，我得反复研读，直到一百遍才能悟出其中的奥妙。"有一天，孔子给弟子们授课时，向曾参提问："参呀，我的思想主张你能用一句话来概括吗？"曾参说："能！"孔子满意地点点头，没再问就下课了。弟子们见老师走了，都围着曾参询问孔子刚才问话的意思。曾参说："老师的思想学说只用两个字就能概括，那就是'忠恕'而已。"众弟子听了恍然大悟，自叹不如曾参。

曾参上承孔子之道，下启思孟学派，对孔子的思想既有继承，又有发展和建树。他的"修齐治平"的政治观，"省身""慎独"的修养观，以孝为本、孝道为先的孝道观影响中国两千多年，至今仍具有极其宝贵的社会意义和现实意义。曾子将孔子学说的根本思想"仁"，植根于血缘亲情"孝"的基础之上，使儒家学说深入人心，增强了儒家学说的群众性。曾子通过《曾子本孝》《立孝》《大孝》《事父母》以及《孝经》等著作，建立起"孝"的思想体系，由于血缘亲情的维系和长期的教化，这一思想已融进了中华民族的血液里，它的影响甚至超过了人们对儒家根本思想"仁"的认识。

曾子是一位十分守规矩的人。"不在其位，不谋其政。"是曾子的处世思想之一。曾子晚年，回到家乡武城居住，一面设馆教书，一面著书立说。有一年，越国派兵进攻武城。曾子便带着弟子逃离了武城，当听说越军撤走后，曾子立即回到武城。曾子的一位弟子不解地说："老师居武城，当地的官员百姓对您十分恭敬。敌人来了，你便早早地走开，给百姓做了个坏榜样，使百姓也跟着到处流窜，无人跟着武城宰抵抗敌人。敌人退却了，先生马上回去，恐怕不合情理吧。"曾子听了，一言不发，只是去收拾行李。许多年后，有人就这个问题请教孟子，孟子认为，曾子的做法是对的，因为曾子只是一位老师，是一位前辈，他没有义务和能力去抵抗外敌。

曾子七十岁那年患病在家，卧床数月。他弟子们说："以后无论说话办事，都要仔细想好再说再做，你们都要记住《诗经》上的两句话：'战战兢兢，如临深渊，如履薄冰。'小心谨慎地待人接物，就不会有什么大的过失出现了。"

临终前，曾子已是汤水不进了。两个家童端来灯烛，他俩见了曾子铺的席子，小声说："先生铺的席子好华贵哟，那是他当大夫时的席子吧？"曾子突然睁大双眼，面带愧色地说道："咳，我怎么忘记换掉这席子了呢？这席是大夫们专用的，可我早已不再做官了，做百姓的使用这种席子是不合礼制的呀！快扶我起来，换掉我身下的席子。"家人不想再折腾病重的曾子，但曾子用十分微弱的语气说："君子用品德爱人，庸人用姑息迁就爱人。我要做自己想做的事，还有什么可求的呢？"

家人们拗不过曾子，只好把曾子扶起来，将那华贵的席子换掉。曾子躺在破席上，安然地闭上了双眼……

## 4. 子思

### 诗礼传家承祖训

子思像

子思（前483—前402)，名伋，字子思，孔子嫡孙。相传他受业于孔子的高足曾参。早年曾游学于卫、齐、宋等国。晚年返鲁，受鲁穆公尊礼。子思一生除授徒外，致力于著述。其所作的《中庸》与《大学》《论语》《孟子》合称为"四书"，古代帝王为褒奖子思在儒学发展中所做的贡献，对其加以尊崇和追封。明嘉靖九年(1530)，被尊为"述圣"。

子思童年时代就学《诗》习《礼》，"诗礼传家"被孔门后人视为"祖训"。孔子对孙子格外疼爱但又严格要求，使年幼的子思不仅养成了刚毅的性格，而且勤奋好学，令年迈的孔子倍感欣慰。一天傍晚，祖孙俩闲坐在阶前，孔子忽然长叹了一声。子思问："爷爷长叹，是担心孙子不能继承祖业呢，还是忧虑尧舜之道不能行之于天下呀？"孔子说："你小孩子家懂什么！"子思回答道："我常听爷爷说，做父亲的劈柴，如果做儿子的不能背回家，就是不孝。我一想起这话就担心，生怕自己不勤奋而荒废了学业，将来不能立身处世。"孔子闻言，笑逐颜开，亲切地说道："好孙子，听了你这番话，我就没有什么可担忧的了！"

子思除了受祖父的教育，更多的是祖父死后，在孔子族人和门人的教诲下学习文理常识，并加以体悟，继承发展孔子思想精华，成为先秦儒家的其中一派——子思之儒。子思尤其继承发展了孔子的中庸思想。他以"中庸"为自己学说的核心，其阐释表现在儒家的修、齐、治、平等各个方面。其思想被他的再传弟子孟子进一步继承和发展，形成了儒家学派中的思孟学派。子思在孔孟道统的传承以及儒家学派的发展史上都占有重要地位。

# 5. 孟子

**继往开来的"亚圣"**

孟子（约前372—前289），名轲，战国时期邹国（今山东邹城市）人。我国古代著名哲学家、思想家、政治家、教育家，儒家学派的代表人物之一，地位仅次于孔子，与孔子并称"孔孟"。一生宣扬"仁政"，最早提出"民贵君轻"的思想。元朝追封孟子

孟子像

为"亚圣公"，后世尊为"亚圣"。

孟子的父亲去世早，孟母为教子成材，可谓煞费苦心，留下了"三迁择邻""断织喻学""杀豚不欺子"等传诵至今的教子故事。

孟子一生的经历，也像孔子一样，长期从事私人讲学，中年以后怀着政治抱负，带着学生周游列国，先后到过梁、齐、宋、滕、鲁等国，随从的学生人数最盛的时候，跟在身后的车子有几十辆，跟随的弟子达数百人。他们所到之处，君王们热情款待，向他讨教治国良策，孟子总是无所顾忌地批评国君，由于身份不同，出发点不同，孟子的政治主张很难被当政者采纳。

与孟子同时期的诸子百家到处宣扬各自的思想学说，游说诸侯。他们不但有高深的学问、丰富的知识，尤其会用深刻生动的比喻，来讽劝执政者，企图说动诸侯采用自己的治国方略。为了增强论辩的效果，他们便引用许多历史实事和民间故事，并根据自己的观点进行加工改造，于是在当时的诸子百家的著作中出现了许多深入浅出、通俗易懂的寓言故事。

孟子当时也是一名著名的辩士。宋国大夫戴盈之向孟子请教时说："当前国家征税太重，我打算恢复到古代'十分抽一'的水平，今年做不到，只能稍作减轻，明年再推行，该不会错吧？"于是孟子编了一则小故事，说有一个人每天偷邻居家的鸡，有人对他说："这不是君子的行为。"他说："那我减少偷鸡的数量，我每月偷一只鸡，等到明年，就不偷了。"既然知道这样做不合乎礼义，就应该马上停止，为什么要等到明年呢？孟子用类比的方法，启发戴盈之悟出错误。"攘鸡者"的比喻很形象，讽刺那些不愿及时改正错误，而是挖空心思地为自己的错误辩护的人。

孟子在宋国时遇见了滕文公，滕文公拜见孟子，请教治国理政的办法。滕文公问道："滕国是个小国，夹在齐国和楚国的中间，我是投靠齐国呢，还是投靠楚国呢？"孟子说："谋划这个问题不是我力所能及的。一定要我说的话，就只有一个办法：深挖护城河，筑牢城墙，与百姓共同守卫城池和国家，百姓宁可牺牲也不逃离，那么就可以说是天下大治了。"文公受到孟子的教诲，在滕国推行仁政，实行礼制，兴办学堂，改革赋税制度。不久，滕国振兴，周边小国纷纷效仿，都称滕文公为"贤君"。没几年，滕国人丁兴旺，国富、民强、君贤，善国之名远扬。

孟子的学说不符合他所周游的那些国家的需要，不说是四处碰壁，也是无功而返。回到家乡后，孟子主要教书和著述，阐发孔子的思想学说，晚年和弟子一起写成《孟子》一书。《孟子》的中心思想是仁义，即以民为本的王道学说。孟子的文章说理畅达，气势充沛并长于论辩，逻辑严密、尖锐机智，代表着传统散文写作的最高峰。代表作《鱼我所欲也》《得道多助，失道寡助》《生于忧患，死于安乐》《富贵不能淫》和《寡人之于国也》等被编入语文教材。《孟子》一书还为后世留下了众多脍炙人口的成语典故，如"五十步笑百步""揠苗助长""墦间乞食""校人烹鱼""楚人学齐语"等。总之，孟子的思想始终围绕着如何做人、怎样治世展开，是中国传统文化中"修身、齐家、治国、平天下"思想的精神实质。

# （三）名士贤达

## 1. 鲁班
### 鲁国工匠的班头

　　鲁班是春秋末年的鲁国人。近年发现的史料证实，鲁班是鲁穆公的二儿子，名叫公输班，姬姓。与孔子的孙子子思是同时期人。鲁班小时候就显示出过人的"技巧"才能。有一年，鲁国一位权臣的母亲去世，由于棺木巨大无法下葬，这时，年幼的鲁班请求用他设计的"技巧"来下棺。这位权臣竟听从了小鲁班的意见，并用鲁班的"技巧"顺利埋葬了母亲。由此可见，鲁班年幼时就已经以"技巧"闻名，并受到长者的信任。

　　鲁班不爱演习礼乐，却对民间制作工艺感兴趣，他爱动脑筋，制作了各种工具。民间传说和古籍中都记载，他发明了许多木工使用的工具器械，如曲尺、墨斗、刨子、钻子、凿子、铲子等等。这些工具的发明，使工匠们从原始、繁重的劳动中解放出来，劳动效率成倍提高，土木工艺出现了崭新的面貌。据说鲁班在公元前 490 年至公元前 420 年间取得巨大成就。在这个时期，鲁班对建筑、工艺、机械、车辆、军事等行业，都有发明和创造。

　　鲁班是当时鲁国手工业者的掌管者。西周以来，具有特别技艺的工匠和手工业作坊都掌握在官府手中,即史籍所谓的"工商食官"。当时,工匠等手艺人都不同程度地受到各种人身自由方面的限制。鲁国国都曲阜是官家作坊的所在地,更是手工业者的聚集地。鲁班是鲁国工匠和手工业作坊的管理者,即业界的班头、领班,"鲁班"之称由此而来。鲁班成名后,被各国慕名请去主持各种建设,留下各种事迹、遗址等,被后人誉为中国古代科技发明的集大成者和伟大的发明家,更被后世的匠人奉为"祖师爷"。

## 2. 孔鲋

### 鲁壁藏书　投身义军

在曲阜孔庙诗礼堂的北院,立着一堵高三米,宽十五米的断墙,"鲁壁藏书"的故事就发生在这堵断墙里。

传说秦始皇统一中国后,车同轨、字同形,他还想让人们的头脑思想也统一,于是采纳了宰相李斯的建议,烧光了当时流传广泛的儒家著作,又将反对秦王暴政的四百六十多名儒生活活埋掉,至今西安东南还有"坑儒谷"遗址。

秦始皇"焚书坑儒"后,又带着人马直奔曲阜,他要亲自灭孔。消息传来,孔子的八世孙孔鲋急中生智,和弟子伏胜一起趁夜在院墙上挖了个洞,又掏空墙心,把《尚书》《礼》《论语》《孝经》等书籍藏了进去,接着把墙洞封死,随后两人逃离曲阜,隐居到河南嵩山。

孔鲋和伏胜在嵩山靠打猎捕鱼为生。这天,伏胜捉到一条灰色的大鱼，鱼脊上有两排骨甲。孔鲋和伏胜都是头一次见这种鱼，就向当地的渔夫询问吃法，渔夫说："这叫鳇鱼，是秦始皇的先祖所变，今人可吃不得。"孔鲋心说，秦始皇罪大恶极，我正无法报仇雪恨哩，于是让伏胜用火把鳇鱼烧着吃。孔鲋一边吃一边对伏胜说："咱这是衔恨吃'烧秦皇（鳇）鱼骨'，卧薪传衍儒家经书。"于是，后世孔府菜中就多了一道"烧秦皇鱼骨"（鳜鱼和鲟鱼骨头合烧）的名菜。

到了秦朝末年，陈胜、吴广发动农民起义。一年后，义军路过嵩山，孔鲋和伏胜便投奔了陈胜，参加了义军。陈胜建立"张楚"农民政权后，封孔鲋为博士，为义军出谋划策。过了六年，孔鲋病死在军营里。

秦王朝被推翻后，汉高祖刘邦尊孔，四处搜寻儒家著作。到了惠帝时，他非常重视儒家经典，派人四处寻找经书，却很难找到，只好请来一些老儒，请他们口述背诵，有专人用当时通行的隶书记录下来。比如，请孔鲋的弟子伏胜凭记忆背诵儒家经典。这时伏胜已九十多岁，无力拿笔书写，只好由他女儿边听边记。据说《书》出自伏胜，《礼》出自高堂生，《春秋公羊传》出于公羊氏和胡毋生。书成后，由汉代大儒董仲舒进行了删改定稿。因为这些经典都是用当时流行的文字——隶书写下来的，故称为"今文经"，并流行于后世。

到了汉景帝年间，景帝的儿子刘余到曲阜做鲁王，刘余嫌自己的殿堂太小，派人拆除王宫附近的民房，以扩建他的王室。

这天，民工拆除孔子旧宅的院墙时，忽听阵阵悦耳的丝竹之声传来，接着从断墙里掉出许多书籍。书是用竹片写成，用丝绳穿起来的，所谓"丝竹之声"是拆墙时因竹简互相碰撞而发出的响声，民工们见鲁壁现书，纷纷传扬是老圣人显圣了。

刘余闻讯赶来，下令留下这堵墙，又派人从墙里慢慢扒出一束束竹简。打开一看，原来是《尚书》《礼》《论语》《孝经》等数十篇，都是孔子及其弟子当年的著作，上面写的都是蝌蚪文（籀文）。因这批书籍时间久远，内容准确，与之后在河间献王等处发现的许多战国时遗留下来的儒家经典一并称作"古文经"。

"古文经"和"今文经"，从篇目到内容都有很大的差别，有人说"今文经"是董仲舒删改整理的，加进了他的思想主张，因而后人模仿孔子的口气说："董仲舒乱我书。"从"鲁壁"保存下来的这批古籍，极大地丰富了中国文化遗产的内容，对于准确地研究孔子思想具有极其重要的意义。

## 3. 郑均

### "白衣尚书"留清名

郑均是东汉任城人。他青年时对道家的黄老之书颇为喜爱，养成了清廉、乐于助人的品德。

《后汉书》二十七卷记载，郑均的哥哥担任任城县小吏，常常假公济私收受贿赂，郑均多次劝谏，哥哥不听。郑均赌气离家，去邻县给富家帮佣。一年后，郑均归来，把辛辛苦苦挣得的钱帛悉数送与兄长，并说："物尽可复得，为吏坐臧，终身捐弃。"大意是：财物没有了还可以再得到，可是做官

白衣尚书纪念馆（济宁北湖新区宣传部摄）

吏的因为贪赃枉法而受处罚，这辈子就完了！哥哥听后大受感动，"遂为廉洁"。

郑均的哥哥去世后，郑均又承担起抚养家境贫寒的寡嫂及侄儿的责任。《东观记》记述："均失兄，养孤兄子甚笃，已冠娶，出令别居，并门，尽推财与之，使得一尊其母，然后随护视振给之。"郑均在哥哥身上赢得了个"廉"字，在嫂嫂身上赢得了个"孝"字。于是，以"举孝廉"为己任的州、郡官员便召他出来做官，他总称病在家，不肯应召。东平郡守一定让他出山，派任城县令突然到他家中，好说硬逼，郑均最终也没有屈从。为了摆脱纠缠，郑均偷偷逃到濮阳躲了起来。

建初三年（78），司徒（相当于丞相）鲍昱召郑均到朝廷做官，他不得不应召。但由于"直言"，郑均和鲍昱的关系并不融洽。

到了建初六年（81），公车（官名）又特地征召他，升为尚书。在皇帝面前，郑均敢言直谏的脾气依然未改，好在汉章帝刘炟不像司徒，他喜欢郑均的率直性格，对郑均十分敬重，多次采纳郑均的逆耳忠言。

后来，郑均由于年老有病，主动请辞尚书职位，皇帝又授他议郎一职。他称病重，决然脱下官服，挂冠而去，回归故里。皇帝赐以衣冠相送。

元和元年（84），皇帝诏告东平郡守，对回到家乡的郑均进行褒奖赏赐。皇帝诏书上的褒奖词是："议郎郑均，束脩安贫，恭俭节整，前在机密，以病致仕，守善贞固，黄发不怠。"皇帝称赞郑均年轻时"安贫""恭俭"；任尚书时勤于政务，抱病工作；到了老年，愈加坚贞不移地"守善"，毫不懈怠，保持晚节。因此赏赐他谷千斛，每年八月有长吏到他家中慰问，赐羊、酒。

第二年，皇帝东巡驾临任城，亲至郑均家中，当面赐其终身享受尚书的俸禄。郑均已是无职白身，仍享受尚书俸禄，所以当时人称他为"白衣尚书"。

唐代诗人李白寓居任城时，在《任城县厅壁记》中赞扬济宁："土俗古远，风流清高，贤良间生，掩映天下。"是"青帝太昊之遗墟，白衣尚书之旧里也。"表达了对东汉郑均的崇敬之情。如今，济宁太白湖畔的白衣尚书纪念馆，已成为当代廉政教育的基地。

## 4. 何休

**书中借我大义　天地还我春秋**

在我国古代学术史上，经学占据着十分重要的地位。到了两汉时期，经学最为昌明，学者辈出，其中最为著名的就有东汉今文经学家何休。

何休，字邵公，任城樊县（今属济宁兖州区）人，生于汉顺帝永建四年（129），卒于光和五年（182）。何休是继胡毋生、董仲舒之后最著名的《公羊》学者，在中国经学史上具有十分重要的地位。

何休出生于官宦世家,他的父亲何豹曾任少府,位列九卿。何休的家庭环境优越，从小便受到良好的教育。他为人纯厚质朴，不善言谈，思维敏锐，智慧过人，精研"六经"，尤好《公羊》，善于历算，对"三坟五典，阴阳算术，河洛谶纬，莫不成诵"，被人夸赞为"学海"。何休自小接受儒家思想的教育，师从今文经学家羊弼，很快就在当时的学术界崭露头角，对经学的研究世儒无及。两汉时期曾有"凡吏二千

何休像

石以上任职满三年者，得任其同产若子一人为郎"的制度，成年后何休开始做官，诏拜郎中，但当时已是"举秀才，不知书，举孝廉，父别居"的时代了，他不愿当一个生活平庸且仕途安稳的郎中，便以生病为由辞去官职。但作为一代儒学门生，他也渴望将自己的所学贡献于社会，成就一番事业，当太傅陈蕃召请他参与政事时，他因敬重陈蕃为人再次入朝参政。166—168 年间的"党锢之祸"，陈蕃被杀，何休也因此遭受牵连，被革职为民，废居在家。这期间，何休潜心治学，历经十七年，写下了对后世影响巨大的《春秋公羊传解诂》十二卷，这部著作一直流传至今，完整地保存于《十三经注疏》中。何休还注释《孝经》《论语》等，撰写了《春秋汉议》十三卷，以春秋大义，驳正汉朝政事六百多条，"妙得公羊本意"。此外，何休还曾设帐授徒，培养了一批研究《公羊传》的专家。党禁解除后，他被召为司徒掾属，拜议郎，再迁谏议大夫。

虽然何休三次参政，但是他的毕生精力都用来潜心研究学问，作为一个知识渊博的学者，何休对后世影响最大的就是他在今文经学方面的成就。

经学的前身是先秦儒学，两汉时期的经学是中国经学史上非常重要的阶段，尤其是经过董仲舒等人的系统阐发，迎合了当时统治阶级的需要，其显赫地位让其他学术流派望尘莫及，而当时深受推崇的就是"公羊学"。"公羊学"是在阐释孔子《春秋》"微言大义"的基础上形成的今文经学，但是到了后期今文经学逐渐趋向于用阴阳五行、天人感应、符命灾异等思想解释儒家经典，内容空虚荒诞。东汉时期，学习《左氏春秋》成为热点，"公羊学"面临日趋衰微的严峻形势，同时，治《公羊》的学者本身也存在只贵文章而不重义理，偏重谶纬之学等不少弊病，甚至到了东汉末年，"以为《公羊》可夺，《左氏》可兴"的呼声甚嚣尘上，古文经学占据上风。在这种形势下，何休决心继承汉初以来"公羊学"的事业，重振"公羊学"昔日盛况，他潜心研究汉初胡毋生、董仲舒以及东汉今文经学博士李育和博士杨终的学说，博采众多大家精华写成了《春秋公羊解诂》。这部书作为两汉"公羊学"之集大成的著作，是"公羊学"从西汉到东汉的总结和升华，被后世公羊学者奉为经典。

何休治学非常严谨，在《春秋公羊解诂》中，他废除了以烦琐和迷信为特点的章句小儒的俗学，与那些引章断句的博士文不同，何休的著作更加严整缜密，系统性更强。他仿效胡毋生《公羊条例》一书，为《公羊春秋》制定凡例，使得《公羊春秋》成为更有条理更有系统的今文经学经典。何休所注经书虽不能挽救今文经学的崩溃，但在当时影响极大，使他成为今文经学方面的领袖人物。

# 5. 孔融

## 誉满清流的传统文人

孔融 (153—208)，字文举。鲁国（今山东曲阜）人。东汉名士、文学家，孔子的二十世孙。他家学渊源，博学多才，聪明绝顶。他年少时曾把大梨让给兄弟，自己取小梨，以谦让明礼而名垂千古。

孔融曾任北海（今山东省青州市东部）太守，所以又称孔北海。因其文学修养深厚，被誉为"建安七子"之首。

孔融早年加入了讨伐董卓的行列，后来投奔了曹操。他对曹操"挟天子以令诸侯"的策略颇有微词，曾暗示曹操还政于汉献帝，令曹操十分不满。

孔融像

曹操为节约粮食，曾颁布一道禁酒令。孔融极爱饮酒，就给曹操写了一封诙谐的《与曹操论禁酒书》，专讲饮酒益处，还嘲讽曹操："天上有颗'酒旗'星，地下有个'酒泉'郡，人有海量称'酒德'，帝尧'千钟'称圣人。您如果非要禁酒，就把婚姻也禁止算了。"

曹操打败了袁绍，曹丕纳了袁熙的老婆甄氏，孔融又写信给曹操说："武王伐纣，得到了妲己，把她赐给了周公。"曹操深知孔融博学，把此事当了真，当面请教此说的出处，孔融说："从你为你儿子纳甄氏这件事情上推断出来的。"曹操这才明白孔融在嘲笑他们父子。

孔融是三国名士，出身名门，誉满清流，性格迂腐、疏狂，出言无忌，目空一切。曹操终于忍无可忍，给孔融罗织了有悖孝道的罪名，将他逮捕入狱。当时，孔融七岁的女儿和九岁的儿子正在下棋，他们看到父亲被绑走了，仍旧在下棋。有人问他们见父亲被绑走为何无动于衷呢？女孩说："哪有鸟巢破了，蛋还能不破的道理（安有巢毁而卵不破乎）？"曹操听说后，对小女孩说："你向天下人承认你父亲是个不孝的人，我就可以给你很多好玩的东西，让你一辈子都快乐！"小女孩却回道："如果人死了还有灵魂，我就能和父亲天天见面了，这不是更快乐吗？"

孔融死时五十六岁。他一生鄙视权贵，不受笼络，不愿攀附，与当权者多次闹翻。在孔融身上我们看到的是中国传统文人清高、正直、敢作敢为的浩然之气。

## 6. 王粲

### 七子之"冠冕"

王粲（177—217），字仲宣，东汉山阳郡高平（今山东微山县两城镇）人。被誉为"建安七子"之"冠冕"。王粲出身于名门望族，自幼就受到良好的家庭教育，他饱读诗书，过目不忘。《三国志·魏书·王粲传》中记有这样两件事。有一次，王粲与几位友人去郊外游玩，路遇一刻有长文的古碑。一位朋友对王粲道："听说你能过目不忘，我们证实一下，看看你能将这古碑上的文字看一遍就背下来吗？"王粲毫不在乎地说："这有何难！"说完，把碑文看了一遍，然后从头到尾地背诵起来。朋友们一面看着碑文，一面听他非常顺畅地背诵。全文背完，果然一字不差。还有一次，有两位老人在树下弈棋，双方杀得难解难分。王粲也喜欢围棋，便上前去观看，不慎弄乱了棋局。老人勃然大怒，

王粲像

骂了起来。王粲一边赔着不是，一边把刚才的棋局摆好，竟无一子差错。

王粲十四岁时，随长辈迁往长安，受到文坛盟主、左中郎将蔡邕的欢迎。当时，蔡家常常门庭若市，宾客络绎不绝。这日，蔡邕正与宾客谈古论今，突然有人说王粲来访。年过六旬的蔡邕急忙起身迎接，慌忙中竟连鞋子都穿反了，留下了"倒屣相迎"的佳话。宾客们见蔡邕如此匆忙地亲迎一位客人，甚是好奇，当他们看到进来的是一位身材矮小的少年时，更是大跌眼镜。为了打消大家的疑虑，蔡邕认真地把王粲介绍给宾客们："这位是司空王公（王畅）的孙子王粲，他可是一个奇才，非常惭愧地说，我不如他。我这些年来收藏的书籍和文章，都应该送给他才好！"古人越是品德高尚就越懂得谦虚谨慎，不过，像蔡邕这样抬高王粲的做法却并不多见，由此也可以看出，蔡邕是非常看重王粲的。时隔不久，蔡邕安排人将自己家藏的六千多卷图书送给了王粲，因为当时图书的主要类型还是竹木

简，这些书装了好几车才装完。可见王粲少年时期就以卓越的才华，受到文坛长者的喜爱。

王粲十七岁时，前往荆州投奔同乡、荆州牧刘表，年少气盛的王粲本想依附老乡干一番事业，岂料，刘表以貌取人，他见王粲身体瘦弱矮小，相貌也不周正，便没有重用他。一晃十几年过去了，王粲内心备受煎熬。建安九年（204），王粲来到荆州第十三年的秋天，他登上当阳东南的麦城城楼，纵目四望，百感交集，把酒长吟，写下《登楼赋》，赋作抒写了他生逢乱世、长期客居他乡、才能不得施展而产生的思乡、怀国之情和怀才不遇之忧，表现了他对动乱时局的忧虑和对国家和平的希望，也倾吐了他渴望施展抱负、建功立业的心情。《登楼赋》是建安时期抒情小赋的代表性作品。

建安十三年（208）九月，曹操南征，王粲审时度势，认为曹操"雄略冠时，智谋出世"，劝刘表之子刘琮归附曹操。曹操平定荆州以后，因王粲的才学声名和他劝说刘琮投降有功，征辟他为丞相掾（丞相属吏），赐爵关内侯。由在刘表手下的不受重视，到归附曹操后被封侯授职，王粲感到心情舒畅，深受鼓舞，于是跟随曹操南征北战，不仅得以施展才能，还创作了大量的文学作品。王粲这一时期的诗文多描写军旅生活，歌颂曹操的统一大业，抒发自己的雄心壮志，诗风慷慨豪壮，基调激奋昂扬。

王粲是"建安七子"中成就较大的一位，南朝文学评论家刘勰赞誉他为"七子之冠冕"。建安二十二年（217）正月，王粲不幸染病，不治而亡。王粲的灵柩运回邺城（河北临漳县）

以后，曹丕亲自参加了王粲的葬礼，并因王粲生平喜欢驴叫，命同去吊唁的宾客各作一声驴鸣为他送葬。这就是著名的"驴鸣送葬"。曹植亲写诔文悼念，赞扬他"文若春华，思若涌泉，发言可咏，下笔成篇"。

# 7. 王弼

### 魏晋时期的天才哲学家

中国哲学思想源远流长、博大精深，孔子的儒家学说和老子的道家学说中对认识论的阐述，是中国哲学思想的启蒙，继两汉经学之后，魏晋玄学家王弼上承孔、老之法，融会儒家、道家思想，创立了以本体理论为根本，且见其长的玄学思想，以道家思想诠释儒家经典，将玄学上升到哲学的范畴。

王弼，字辅嗣，山阳高平（今济宁微山）人，魏晋时期的天才哲学家，生于黄初七年（227），卒于正始十年（249）。王弼出身官僚世家，良好的家风对他的成长有着重要影响，其曾外祖父是东汉末年"八俊"之一、身为荆州牧的刘表，继祖父是著名文学家、"建安七

王弼像

子"之一的王粲，其父王业官至谒者仆射。王弼自幼聪颖过人，"弼幼而察慧，年十馀，好老氏，通辩能言"，未弱冠时，已为当时的官员和文人所识。当时已颇有名望的玄学家吏部尚书何晏发现王弼的奇才后，甚为赞叹，称"仲尼称后生可畏，若斯人者，可与言天人之际乎！"。在何晏的极力推荐下，王弼担任曹爽的台郎。正始十年（249），司马氏控制了曹魏政权，曹爽、何晏被杀，王弼也受到牵连。同年秋，王弼病逝，年仅二十三岁。

王弼在短暂的生命历程中，勤奋治学，著有《老子注》《老子指略》《周易注》《周易略例》《论语释疑》《周易大衍论》三卷、《周易穷微论》一卷、《易辨》一卷等数种，但大多已佚。他所注《周易》一改汉人支离烦琐的传统方法，不用象数，而用《老子》，以老子思想解《易》，并阐发自己的哲学观点，在学术上开一代新风——"正始玄风"。

王弼在中国哲学史上是一个划时代的人物，他的哲学思想继承和发扬了老子的学说，并综合儒道学说，把《老子》哲学中"有生于无"的论题，作为自己思辨的起点，并建立了体系完备、抽象思辨的玄学哲学。他对易学玄学化的批判性研究，尽扫先秦、两汉易学研究之迂腐学风，其本体论和认识论中所提出的新观点、新见解对之后中国思想史的发展具有深远影响。他倡导的贵无论，也很快成为当时占据主导地位的哲学思潮，从此，**魏晋玄学取代了两汉经学**，统治了魏晋南北朝时期的哲学论坛，它不仅影响了当时的整个哲学界，而且还影响了佛教、道教乃至后来的宋明理学。从我国哲学史的演变与发展上看，王弼的玄学思想使我国哲学的抽象性大为提高。

王弼也是《周易》义理学派的开山鼻祖，何昌群曾说："当何晏风微鼎盛之时，有不世之天才王弼出，始树立清淡之宗风，开玄学本体论之端绪，合儒道第一义而为形上之学，降及六朝，与佛教之般若相结合，隋唐时代复为禅宗所攀连，至宋儒遂集此数者之大成而归结于经典之解释，此即宋明时代之理学，在中国文化思想上完成一伟大崇高之哲学体系。则弼可谓天纵之智也"。研究中国哲学、思想、文化、艺术、美学等，都绕不开王弼所创立的玄学体系。

## 8. 范式和张劭

### 诚信守约的"鸡黍之交"

"鸡黍之约"又称"鸡黍之交"，是古时八拜之交中的第四拜"元伯巨卿鸡黍之交"。典故出自范晔《后汉书·独行列传》，是中国人两千多年前就推崇的"友谊深长、诚信守约"的典范。"元伯"是张劭的字。"巨卿"是范式的字。东汉时，范式官至荆州刺史、庐江太守。张劭是河南汝南人，范式是山阳郡（今山东金乡县）人，他们一起在太学学习期间，结为生死之交。两人学成后，回归故里。分手时，范式说："两年后，我将去府上拜望尊亲。"张劭回答说："到时，我一定杀鸡煮黍，等待兄长。"于是，两人共同约定了日子。

光阴荏苒，两年转眼过去，到了相约的日子，张劭对母亲说："我的好朋友范巨卿今天要来，咱们杀了鸡做好饭等他吧！"张劭的母亲笑着说："你们离别已有两年，又远隔千里，怎断定他果真能按时来呢？"张劭回答说："我见巨卿是个讲信义之人，他一定不误日期的。"张劭的母亲半信半疑，但也不好违拗儿子，于是置酒备饭。这一天，范式果然来到，拜见张母后，与张劭饮酒话别情。

后来，张劭身染重病，卧床不起，同乡好友郅君章、殷子征天天去病床前探视，请医抓药。此时，范式在湖北为官，信息不通，交通不便，不知张劭病重。张劭临终时，叹道："我现在死无所憾，只恨不能见我死友了。"在侧的两位朋友听了一怔，忙问道："你病了这么长时间，我俩一直尽心服侍，这也可算是死友了，怎么您还叹说没见死友呢？"张劭哽咽着说："你俩与我的情谊虽厚，但只可算生友，山阳范巨卿才可以说是我的死友哩。"张劭死的那日，范式夜间竟得一梦，梦见张劭对他说："巨卿，我已于某日死，将于某日葬。"范式醒后，悲泣不止，特地向太守告假到汝南奔丧。当范式穿着孝服赶着车马来到张家时，张劭的灵柩已被送到墓地了。范式立即向墓地奔去。张劭母亲瞧见远方的素车白马，当即转身拍着张劭的灵柩说："劭儿，你的生死朋友来了！"

郅君章、殷子征等人还不相信，等车马来到面前，下来的果然是范式。范式走到灵前，祭拜说："元伯，你就去吧！生和死是两条路，咱们就此永别了。"祈毕起身，执绋引灵。然后，范式又留在墓旁监工修坟，墓冢修好后，范式亲手在墓旁栽上树木，对张劭的母亲劝慰一番，方才恋恋不舍地离去。

范式张劭，远隔千里，相期约会，张劭对范式丝毫不疑，范式果然如期赴约。他们生死结交，其信义之风，为后人所敬仰。为纪念这两位信义贤者，范式家乡的人们遂将其村范庄改名为"鸡黍"，建了"二贤庙"，济州太守闻知后，遂上表奏请。汉明帝感其诚信，遂下令拨款重新修建范、张二贤庙。二贤庙没有脊檩，正、西、南面都用两根直扁椽，弯成牛轭状紧紧地扣在一起用在庙上，象征范、张二人携手并肩，永不分离。墙体空心，象征二人肝胆相照、心心相印。这种寓意深刻的无脊祠庙，风格独特，中外难觅……

1963 年，范式墓在嘉祥县被发现，出土了很多文物，其中有两方铜印较有研究价值，印文均是阴刻篆书，一为"范式印信"，一为"范式之印"，都是铜质套印，铸造极为精致，今藏济宁市博物馆。同时出土的范式碑是著名的汉魏碑刻，名人、名碑、名印汇为一起，也堪称全国之最。

## 9. 杨震

### "四知"的由来

杨震（？－124），字伯起，东汉弘农华阴（今属陕西）人。他自幼好学博识，忠孝仁义，被誉为"关西孔子"。

杨震在家乡教书二十多年，期间，当地官员多次请他出仕，他都以年纪大了，还是安心教书为由婉拒。

汉安帝时，大将军邓骘（zhì）掌控朝政，他得知杨震德才兼备，便召请杨震为官，这时，杨震已五十多岁，被邓骘的诚意所感动，先后升任荆州刺史、东莱太守。

杨震像

杨震做荆州刺史时，发现当地有一个叫王密的读书人，学识渊博，才华出众，觉得他堪为大用。经杨震向朝廷举荐，王密做了昌邑县（今山东金乡县）的县令。

杨震在荆州刺史任上数年，忠于职守，清正廉洁，把辖境治理得井井有条，深得当地百姓的好评和朝廷的赞赏。于是皇帝决定提升杨震为东莱（今山东龙口市）太守。

杨震举家由荆州迁往东莱。动身之前，很多官员都来巴结，送礼的人络绎不绝，杨震一概谢绝，任何礼物都不收。他对前来送礼的官员说："大家与我共事多年，我的禀性诸位应该知道，这些礼物还是请大家带回去，只要大家多为国家出力、多为百姓造福，就是给我最好的礼物！"

杨震离开荆州，一路上轻车简从，途经许多州县都是住在路边的小店里。谁也不会想到这个普普通通的老大爷竟然是朝廷派来的大老爷。

这天，杨震一行路过昌邑，傍晚时分，找了一家小店住下，正收拾床铺，忽听店里人声嘈杂。店主慌忙来报："县太爷要接您到县衙去住，您赶快收拾一下吧！"

店主的话还没有说完，只见一个身穿官服的人走了进来，倒地便拜，口中说道："学生王密，不知恩师驾到，有失远迎。刚才有个荆州老乡告诉我您已住进小店，我才赶忙来接。您就搬过去住吧！"

杨震推辞不过，只得坐上王密带来的官轿，被抬到了县衙。在县衙里，王密亲自端茶端饭，对杨震照顾得细心周到、无微不至。

夜已经深了，王密还在诉说别后离情。他说："当年如果不是恩师举荐，我王密至今还是个白丁布衣，哪里会有今天呢？因为这个，我会感激您一辈子！"

杨震听了，很平淡地说："你不要感激我。为朝廷举荐贤才，是我的本职。只要你能忠于职守，为国效力，为官一任，造福一方，我就心满意足了。"

王密说："一定，一定！"说着，他走出门外四处看了看，返回后将房门关上，从怀中掏出一个布袋，低声说："为了感谢恩师的知遇之恩，学生本当送上重礼。但仓促之间来不及准备，只备下这些碎金，不成敬意，请您收下，在路上使用吧！"

杨震见状，忙说："不可，不可！作为老朋友，我了解你，可你为什么就不了解我呢？再者说，朝廷已经三令五申，不准官员外出收礼。难道你不知道这个规定吗？"

王密还是不肯作罢，又说："这个规定我是知道的，可礼有不同。我送礼给您，并非贿赂您，而是为了感谢您的知遇之恩，这又有什么不可的呢？再者说，现在是深夜，外面又没有一个人，谁也不知道。所以还请您一定收下！"

杨震见王密如此说,真的有些生气了。他很严肃地说:"要想人不知,除非己莫为。你送金子给我,天知,地知,你知,我知。明明有这'四知',怎么能说谁也不知道呢?唉!当初推荐你为县令,今天见你这样,真让我大失所望啊!"说得王密面红耳赤,心惊肉跳,赶忙收起了金子,诺诺而退。

第二天,王密送走了恩师杨震,回到县衙,越想心里越不是滋味。想想自己,看看恩师,咋对得起他的提拔栽培呢?他痛心疾首,悔恨交加,幡然悔悟,立志学习恩师杨震,做一个廉洁奉公的好官。为了永志不忘,纪念恩师的教诲,他在杨震所宿的二堂上,悬挂了"四知堂"的匾额,并在二堂前的左侧,立下石碑一块,上刻"杨震却金处"五个大字。以此来警诫自己,教育后人。

## 10. 王禹偁

### 小吏敢为宰相立规矩

北宋初年,宰相位高权重,一人之下,万人之上,乃至左右朝纲,就是皇帝也不能随意拿他怎么样。满朝文武无不仰其鼻息。就是在这样的情形下,竟然有一个大理寺的小吏要为宰相立规矩,还要把这个规矩挂在宰相等待上朝时所在的待漏院的墙壁上,让宰相每天都面壁反思。这个人就是王禹偁。

王禹偁(954—1001),北宋初年济州巨野人。著名诗人、散文家。他小时家境贫寒,但聪慧好学,九岁能文,三十岁登进士第,他怀着一腔报国之志、济民之心进入官场,对仕途充满抱负，"吾生非不辰，吾志复不卑，致君望尧舜，学业根孔姬"，还发下誓言要"兼磨断佞剑，拟树直言旗"。

宋太宗端拱二年(989)，王禹偁三十六岁。前一年，他刚刚通过太宗召试，从地方官擢升为京官，当时拜左司谏，知制诰，判大理寺，就

王禹偁像

是一个管刑狱的七品小官，与宰相还差着十万八千里。但抱负天下，忧君怀民的王禹偁想的是"一国之政，万人之命，悬于宰相"，所以有必要写篇文章，提醒提醒这些大佬们，这就是为世人传诵的《待漏院记》：

"朝廷自国初因旧制，设宰臣待漏院于丹凤门之右，示勤政也。至若北阙向曙，东方未明，相君启行，煌煌火城；相君至止，哕哕銮声。金门未辟，玉漏犹滴，撤盖下车，于焉以息。待漏之际，相君其有思乎？"

王禹偁说，一位宰相，如果想的是老百姓过得不好，要怎么安顿；周围的国家还未归附，要怎么收服；战乱不断，要怎么消弭；田地荒芜，要怎么开垦；民间有圣贤之人，我要推荐给朝廷；朝廷里有奸佞，我要把他赶出去；如果有了灾荒，愿意避位让贤，承担上天的责罚；如果法纪混乱，人心不古，就

率先垂范，修养自身的德行；思来想去，为国为民忧心忡忡。等朝门一开，宰相向皇帝奏明了意见，皇帝采纳了他的建议。于是世风清明，百姓富裕。如果能这样，宰相位居百官之上，享受优厚的俸禄，就是应得应分。

如果想的是我有私仇未报，要怎样排挤仇敌；有旧恩未报，要怎样给恩人荣华富贵；有金钱美女，要怎么归我所有；车马玩物，要怎么巧取豪夺；奸邪之徒依附我的权势，就考虑如何提拔；正直之臣直言谏诤，就想着怎样罢斥。天下闹灾荒，皇上忧虑发愁，想着怎样用花言巧语取悦皇帝；众官枉法，国君听到怨言，思虑怎样奉承献媚求得皇上的欢心。绞尽脑汁，为一己私利心绪不宁。等宫门开了，宰相给皇帝进言，皇上蒙惑，政权毁坏，国将不国。如果这样，那么即使宰相被打入死牢，或流放远地，也是罪有应得。

还有一种宰相，他们没有恶名声，也没有好名声，随波逐流，时进时退，窃居高位，尸位素餐，只求保全身家性命，这样的宰相就是一无是处的庸官。

在《待漏院记》的最后，王禹偁要求把这篇文章刻在待漏院的墙壁上，告诫那些执掌天下权柄的宰相们。

历史上没有记载，这篇刚直尖锐的文章是否刻在了大宋朝堂门外的待漏院的墙壁上。但王禹偁的官途却从此开始颠沛起落。两年之后（991），有一位尼姑诬告已经七十多岁的南唐降臣徐铉强奸。事实查明之后，不知何故，宋太宗竟然下诏不要追究尼姑的罪责。王禹偁梗着脖子上书，要求按律治罪，触怒太宗，被贬为商州(今陕西商洛市)团练副使。淳化四年(993)，他被太宗召回。太宗知道他性情刚直，处事死板，特意让宰相告诫他要改改自己的脾气。两年后（995），太祖的皇后，也就是太宗的亲嫂子去世，太宗对她的丧事敷衍潦草，王禹偁看不过去，认为这不合礼仪，再次揭了龙鳞，被贬谪到滁州（今安徽滁州）。宋真宗继位（997），王禹偁又一次入京。这次他参与撰修《太祖实录》，因为直书史事，引起宰相的不满，于咸平二年(999)又一次被贬出京城，至黄州(今湖北黄冈市)。咸平四年（1001），在蕲州（今湖北蕲春县）任上病逝。

第三次被贬谪之后，王禹偁作《三黜赋》来表明自己的心志："屈于身兮不屈其道，任百谪而何亏？吾当守正直兮佩仁义，期终身以行之。"哪怕贬谪我一百回，遭受再大的冤屈，我都要坚持正直和仁义，至死不渝。

可以说，王禹偁为北宋的士大夫们立起了一根精神和风骨的标杆。


## 11. 贾凫西

**敢爱敢恨的木皮散客**


在清代初年的兖州，人们经常见到一位白发苍苍的老人，他手持鼓板，边敲边唱自编的鼓词。他的声音略带沙哑，如泣如诉；唱到动情处，声泪俱下，顿足捶胸，有点疯疯癫癫的样子。人们说，这个人不为挣钱，不图糊口，放着京城里的大官不做，却到处去说什么鼓词，真是一个不可思议的怪老头！

他就是明清之际的著名人物贾凫西。

贾凫西,名应宠,自号木皮散客。曲阜人,其家在曲阜城西一个靠近泗河的村庄,那里距兖州府城滋阳更近些,所以他活动更多的地方是兖州。他自幼读书,博闻强记,科举却并不顺利,最终只是个贡生。贡生已有做官的资格,他于崇祯九年(1636)四十八岁时到河北易州任副职,两年后又任固安县令,最后于崇祯十四年(1641)进京任户部主事。他这次为官一共六年,在任上是颇有建树的。入清后的滋阳县令说他是"经济之才","建树卓卓,不啻武侯治蜀。"把他和诸葛亮相提并论,虽未免有溢美之嫌,却也并非毫无根据。例如在固安县时,上任不久他就革除不少弊政,其中一项每年减去百姓负担的粮食二千多石。在户部时,他上疏皇帝,又面奏六事,皆被采纳。但他生性疾恶如仇,看不惯官场的腐败。他的顶头上司户部尚书傅淑训公开向他索贿,更使他看不起;他坚决不向傅淑训送礼,傅恼羞成怒,对他千般中伤万般排挤。贾凫西一气之下引病告退。

两年后,明朝灭亡,清朝建立。贾凫西和其他明朝遗民一样,避居乡里,拒绝和新朝合作。

贾凫西六十三岁那年,突然一改初衷,又做了清朝的官。导致贾凫西二次出仕的最直接原因,竟是为了报复一个三番五次欺侮他的滋阳县尉。

在官大一级压死人的时代,对付谄上欺下、媚强凌弱的小人最好的办法,就是官比他大。再说,此时清朝统治已日趋巩固,抗清复明已无希望;而朝廷也正积极笼络汉族知识分子和明朝旧臣,征召他们出仕为官。

贾凫西应召进京担任刑部郎中，接着，受命到福建汀州一带巡视。顺路经过故乡，他找了个理由，报复了那个县尉。他令人把那个县尉捆绑起来，掷于阶下，痛打一顿。看着那县尉磕头如捣蒜连连求饶的样子，贾凫西大叫"痛快"！这就是他的性格：敢爱敢恨，表里如一；不平则鸣，而且要表现得淋漓尽致。孔尚任在《木皮散客传序》中说，贾凫西"常着公服以临乡里，催租吏至门，令其跪，曰否则不输；故旧科跣相接，拱揖都废"，正是对贾凫西性格的绝妙写照。越是势利小人，像那些对老百姓如狼似虎的催租恶吏，贾凫西越要端起自己的官架子，使他们不敢狐假虎威；其实他并不是那种极迂腐地讲究封建礼法的人，见了老朋友，他甚至可以光头赤足，衣履不整，连打拱作揖这些常礼都可以免去的。

贾凫西的这次出仕时间更短，还不到一年。大约是恶气已出，目的达到，想再践以前不仕新朝的诺言。但他一开始请求辞官，并未获得朝廷批准。他就对上司说："你为什么不弹劾我呢？"上司奇怪地问："你没犯罪，我为什么要弹劾你？"贾凫西说："我整天在衙门里唱鼓词，哪能不耽误政务？你就以这罪名来弹劾吧！"上司发现他真心想辞官，便依计而行，让贾凫西辞官回乡了。

贾凫西回乡后，直到他八十七岁去世的二十多年里，他把全部精力都用在木皮鼓词的创作与演唱上。

木皮鼓词是一种流行于民间的说唱艺术。木是醒木，皮是鼓，演唱者以这两种乐器为伴奏，大概类似于今天的大鼓或者渔鼓。鼓词明白如话，通俗晓畅，唱腔朴实无华而又韵味悠长，特别适宜表达那种悲壮中又有哀婉无奈的苍凉情绪。

贾凫西创作并演唱的鼓词深刻揭露了人间的不公和社会的黑暗。一直被统治者用来麻醉弱者的"天理"和"来世"，贾凫西一针见血地唱道："有几个持斋行善的遭天火，有几个做贼当龟的中了高科。有几个老老实实的挨打骂，有几个凶神恶煞的抢些牛骡。纵然是天老爷面前是不容讲理，但仗着拳头大的是哥哥！""春秋时的那个孔子，难道他不是积善之家？只生下一个伯鱼，还落得老来无子；三国时的曹操，岂不是积不善之家？倒生下二十三个儿子，大儿子做了皇帝，好不兴头！""可见半空中的天理原没处捉摸，来世的因果也无处对照。"历来被认为神圣不可亵渎的皇帝，在贾凫西的笔下却是那么卑鄙可憎：汉高祖是"挺腰大肚装好汉"，曹操父子是"如狼似虎""老贼"，隋炀帝"灭绝人伦"；唐太宗"比鳖不如"，元顺帝是"不爱好窝的癞蛤蟆"。他们"要制服天下，不知经了多少险阻，干了多少杀人放火没要紧的勾当，费了多少心机，教导坏了多少后人"。

贾凫西的愤世嫉俗，虽然尖锐泼辣，振聋发聩，他的思想却并没有背离儒家道德范畴。相反，从某种意义上说，他是一个彻底的儒学信徒。在鼓词的开篇，他坦言"言言都是药石，事事可作鉴戒"；"使那刚胆之人，听说那忠臣孝子，也动一番恻隐；那婆心的人，听说那奸恶邪淫，也动一番嗔怒"。"与臣言忠，与子言孝"，是他的创作宗旨。贾凫西在鼓词之外，还有《四书本义》《诗纲》《周易浅解》等讲解儒家经典的著作。因此说贾凫西不是一个封建礼教的叛逆者，而是一个相信礼教的另类人。

## 12. 孔尚任

### 一部传奇《桃花扇》

孔尚任（1648—1718），山东曲阜人，孔子六十四代孙。他于康熙三十八年（1699）创作了传奇戏剧《桃花扇》，该剧描述了秦淮名妓李香君和复社文人侯方域悲欢离合的爱情故事，再现了南明覆灭的历史概貌。《桃花扇》其深刻的历史意义，强烈的艺术魅力感人至深，一时广

孔尚任像

为传演，"岁无虚日"。《桃花扇》的成功，使孔尚任誉满文坛。文学史将孔尚任的《桃花扇》和汤显祖的《牡丹亭》、王实甫的《西厢记》、洪昇的《长生殿》并称为我国四大古典戏剧。

孔尚任早年科举失意，隐居在曲阜城北的石门山中。康熙二十二年(1683)，康熙到曲阜祭孔。这是清朝第一次尊孔大礼。孔尚任被选为御前讲经人员，撰儒家典籍讲义，在康熙面前讲《大学》，又引康熙观赏孔林"圣迹"。因讲经、导览都能称旨，康熙破格升他为国子监博士。意外的恩荣遽然激发了孔尚

任对清统治者的感恩戴德之情，他一面对"不世之遭逢"受宠若惊，一面准备"犬马图报，期诸没齿"，充分反映了这个局限于个人升沉知遇的儒生对新统治者的依附态度。

康熙二十三年 (1684) 初，孔尚任进京，正式走上仕途。当他还来不及显现其儒学经纶的才能时，七月初，即奉命随工部侍郎孙在丰往淮扬，协助疏浚黄河海口。孔尚任本期望为朝官，意在于"清华要津"，现竟与渔人为邻，鸥鹭为伍，颇为失望。滞留淮扬四年，孔尚任时有迁客羁宦、浮沉苦海之感。他亲见河政的险峻反复，官吏的挥霍腐败，人民的痛苦悲号，发而为"呻吟疾痛之声"，成诗六百三十余首，编为《湖海集》。这些作品摆脱了早期宫词和应酬、颂圣之作的倾向，较深切地反映了他对当时社会现实的一些认识。

淮扬一带是明清之际政治、军事斗争的中心。在这里，孔尚任驻足于南明江北河防之地。在扬州登梅花岭，拜史可法衣冠冢；在南京过明故宫，拜明孝陵，游秦淮河，登燕子矶，他特地到栖霞山白云庵，访问了后来被写进《桃花扇》的张瑶星道士。孔尚任正为《桃花扇》的创作积极进行实地考察。这时，他还结交萃集在这些地方的明代遗民。淮扬四年，不仅是孔尚任对现实认识的深化时期，也是他创作《桃花扇》最重要的思想和素材的准备时期。

康熙二十九年 (1690)，孔尚任回京，开始了十年京官生涯。经过多年努力，三易其稿，康熙三十八年（1699），五十二岁的孔尚任，终于写成了《桃花扇》。

三十九年 (1700) 三月，孔尚任升为户部广东清吏司员外郎，同月即罢官。"命薄忍遭文字憎，缄口金人受诽谤"，从这些诗句看，他这次罢官很可能是因创作《桃花扇》得祸。

从此，孔尚任告别仕途，重新归隐石门山中。

## 13. 孔继涑

### 《玉虹楼法帖》传后世

清朝雍正年间，孔子六十八代嫡孙、衍圣公孔传铎在维修孔庙时，为兄弟和儿子们各建了一座府邸，他的小儿子孔继涑叔伯兄弟大排行为十二，其府邸也称为十二府。十二府按八卦样式所造，房脊完全连在一起，还有一座两层的玉虹楼。

孔继涑字信夫，号谷园，别号葭谷居士，他少年英才，十五岁便考中了秀才。孔继涑自幼酷爱书法，青年时，专学其岳父张照笔法，在家中玉虹楼上苦学苦练，他把自己的书法刻成石碑，立于孔庙金声门左侧。后来，乾隆帝瞻仰孔庙时，看到上面的字迹笔笔有力、字字通神，反复品味，连声称赞。从此，孔继涑的书法闻名全国，人称孔府十二才子。然而之后，孔继涑的命运就不那么幸运了，他四十四岁才中了举人，此后屡试不第，只好花钱捐了一个候补内阁中书，却从未任职。

那时候，孔子六十九代嫡孙孔继濩、七十代嫡孙孔广棨、七十一代嫡孙孔昭焕三代衍圣公都早早去世了，孔府一直由赋闲在家的孔继涑与其四哥孔继汾主持府务及孔庙祭祀。

乾隆二十一年（1756），乾隆皇帝到曲阜祭孔，曲阜绝大多数人家都是孔子后裔或者孔府的佃户，都不用纳粮听差，地

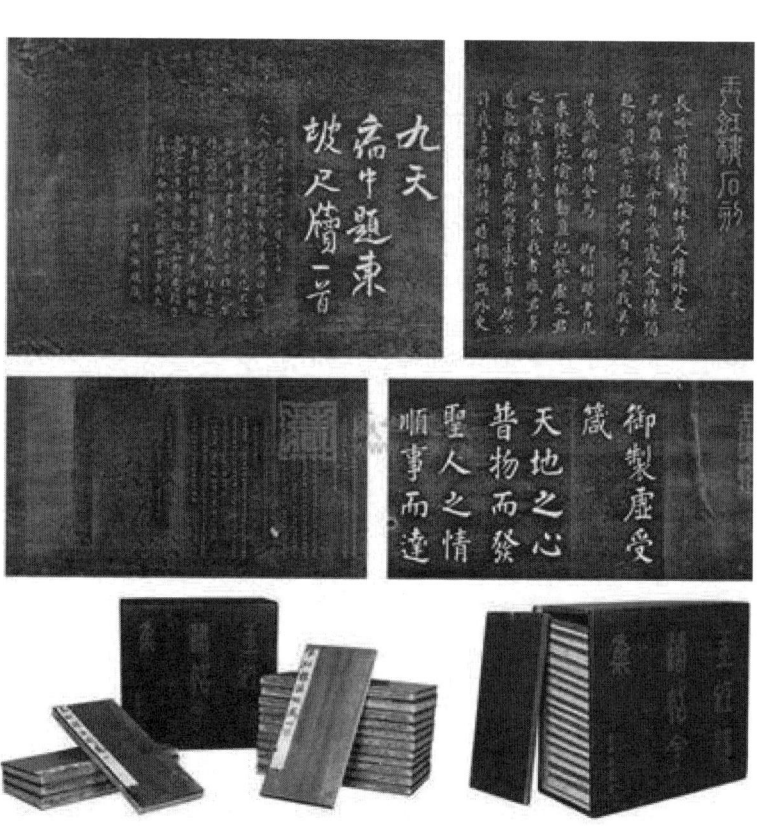

玉虹楼法帖（杨义堂提供）

方官因派差事与孔府产生了矛盾。山东巡抚上告孔继涑、孔继汾兄弟挑唆衍圣公与地方官作对，使得迎驾准备工作难以完成。乾隆皇帝大怒，孔继汾被革职，孔继涑被革去贡生。

到孔子七十二代嫡孙、衍圣公孔宪培时，他娶了一位乾隆皇帝的义女于氏——也有说是乾隆皇帝的女儿，因为满汉不能通婚，才以于敏中女儿的名义下嫁曲阜孔府的。于夫人对孔继涑兄弟参与府务十分不满，上上下下制造传言，说山东有人图谋不轨，威胁到皇上，孔府十二府正屋九间的房脊连在一起，仿佛龙飞在天。还说孔庙里的一株先师手植桧树正枝不长，旁枝长，是孔继涑"念咒语发二枝"所致，是其想取代衍圣公。孔继涑因此被扣上反叛朝廷、阴谋篡位夺权的罪名，被孔氏家族开除，死后不准进林。

孔继涑在苦难悲愤之际，每日都用练书法来消磨时间，据说十二年不下玉虹楼。慢慢地，他的书法浑然天成、自成一体，终成一代书法巨匠。他还将广泛搜集来的中国古今名家的书法，刻意鉴别，先行临摹、构绘，而后精工刻成大小石碑584块，真草隶篆，各具神韵，是中国书法史上的集大成之作，这些碑刻一直收藏于玉虹楼，名为"玉虹楼法帖刻石"，这些拓片装成了101册，故又称"百一帖"，是一座中国书法的宝库。乾隆五十六年(1791)秋季，孔继涑到北京访友，不幸在北京孔府染病而死，享年六十六岁。他死后，在棺木拉回原籍的时候，在上面锁了三道锁链，因为不能葬入孔林，就葬在了曲阜城外的大柳庄村南。

法帖是对古今名帖汇编的一种称谓。《玉虹楼法帖》是民间集成的大型法帖，其收录历史名家较全，孤本居多，保存资料丰富，原石刻保存完整，且自成体系，具有极高的欣赏价值和研究价值。其584帖原石摹刻，均为孔继涑个人为之，非有过人的才华和坚忍不拔的毅力而不可得，是中国书法及法帖史上的奇迹。有学者将《玉虹楼法帖》与《淳化阁帖》《三希堂法帖》并称为中国三大法帖。孔府历代女儿出嫁，最珍贵的嫁妆就是这套《玉虹楼法帖》。

现在，玉虹楼法帖刻石就珍藏在曲阜孔庙东庑的最北头，许多游客到这里参观，在欣赏书法瑰宝的同时，也对"孔府十二才子"孔继涑的坎坷命运和不屈精神表示深深的敬意。

## 14. 黄易

### 访碑武氏祠

"老桧曾沾周雨露，断碑犹是汉文章。"济宁是汉魏碑刻的集中地。自宋代以来，济宁汉魏碑刻一直备受金石学家、书法家们的推崇，素有"天下汉碑半济宁"的盛名。据统计，全国仅存汉代碑刻60余块，济宁独占35块，其中，《乙瑛碑》《史晨碑》《景君碑》是书法爱好者必临之帖。济宁还是汉画像石的重要出土地，画像石多达2000余方，种类之全，质量之高，价值之大，冠绝中华，素有"济宁汉画佳天下"之说。其中，

武氏祠（李晖摄）

武氏祠的汉画像石更是驰名中外，在初中、高中历史课本的扉页和教材中引用的黄帝、尧、舜、大禹、夏桀的形象，均出自嘉祥县武氏祠画像石拓片。说起武氏祠的发现与保护，就不能不提到清代治河官员黄易的贡献。

黄易（1744—1802）浙江钱塘人，为"西泠八家"之一。他出生于水利世家，自1778年到济宁后，一直是东河总督的幕僚。东河总督府驻济宁，总理山东、河南段黄、运两河事务，并负责附属的河流、湖泊、闸座、泉源等水利设施的治理。1786年，黄易升任卫河通判。这年夏天，他自开封返回济宁，途经嘉祥县署时，稍事停留，翻阅县志，偶然注意到县南三十里的紫云山，有一座西汉太子墓及汉碑一通。县志记载这块碑刻时，特别提到中有一孔，敏感的黄易马上意识到，碑既有穿，必是古物，于是立即遣人前往椎拓。几天后，黄易如愿得到了拓片。碑乃圭形，额曰"敦煌长史武君之碑"，即《武斑碑》。碑额与碑文都是隶书，不过漫漶殊甚。回到济宁不久，黄易于当年九月再度来到嘉祥，除了工人，这一次他还带来了三位友人，一位是济宁人李东琪，此人好古善隶书，数年前曾发现《胶东令王君庙门断碑》，另两位是寓居济宁的山西洪洞人李克正与南正炎，他们对探幽访碑也兴趣浓厚。一行人到了紫云山下，从当地人那里询知山名"武宅"，又曰"武翟"。由于历代河徙填淤，建造于汉代的祠堂早已七零八落。黄易走访了解到，汉太子墓系讹传，实为东汉时期仕宦世家武氏的墓群，也是目前国内数量最多、保存最完整的汉碑、汉画像石群。黄易等人对武梁祠进行了发掘清理，在这里发掘出土了四座祠堂，即武梁祠和前石室、后石室、左石室，这次发掘清理出了"孔子见老子"画像石，这也是出土的孔子和老子画像中最早的画像之一。

此后，黄易又多次带人前往发掘，第二年夏天，他开始规划武梁祠的复建。这些曝露于荒野中的碑刻，牧子樵夫不知爱惜，如果不及时保护，无疑将面临再次湮没的命运。黄易意识到，这些古物因他而出，如果置之不顾，似乎有负古人，于是及时复原并加以保护，就成为黄易无法推卸的责任。因为与孔子有关，黄易将诸多石刻中的《孔子见老子画像》一石移至济宁州学，其余的如《武斑碑》，本来也应该与《武荣碑》并立于学宫，但因石材厚重，远移不便，只能就地建祠保护。

随着发掘出来的石碑和画像石的增多，文物部门将"武梁祠"更名为"武氏墓群石刻"，加以保护。近代文人对"武氏墓群石刻"的关注，也颇令人侧目，鲁迅先生生前一直在搜集武氏祠画像石拓片；据传，1957年，时任中科院院长的郭沫若先生曾坐着马车来考察祠堂……1961年，"武氏墓群石刻"被国务院公布为第一批全国重点文物保护单位。

## 15. 赵鲲　赵有冯

### 父子双进士

清道光十三年（1833）春，郓城县欢口村的赵氏家祠落成，将于清明节举行祭祖仪式。忽然，一位族人悄悄报告老族长：

"不好了，人家举报咱家祠堂'越制'，县老爷要求限期拆除。"原来，赵氏族人为了气派，祠堂前竖起旗杆，正堂建成三进七架，屋脊安放宝顶葫芦……这些都非庶民应有的"规制"。正当老族长一筹莫展之时，有人提议到同族长支寿张县（今梁山县西北）赵坝村去求援。赵坝村同族长支很义气，当即派族人高举"己丑科进士、云贵川按察使"告示牌，抬着赵鲲画像，长号开路，铳炮示威，从寿张县来到郓城县，还没到县衙门口，县令闻讯后，急忙整冠迎接，待为上宾，"越制"之事不再追究。

赵鲲，寿张赵坝村人。明正德（1516）丙子科举人，嘉靖（1529）己丑科殿试三甲进士。进士及第后，赵鲲初任临颍县知县，他善待百姓，鼓励农桑，因政绩突出调任南京大理寺评事，因明察秋毫、平反冤狱，又提拔为大理寺正卿。当时，云南汉中府动荡不安，时有匪徒作乱，杀死当地县官。皇帝任命赵鲲为汉中太守。赴任之前，兵部尚书湛若水专门写了一首《送南京大理寺正赵鲲迁守汉中府》："闻鲁多君子，于今一见之。一见雅素心，语默存真机。大笔见心画，方正无斜欹。生心发于政，汉中何足治。使君行无迟，候迎竹马儿。"赞赏之意，溢于字里行间。赵鲲到任后，训练兵勇，组织民团，联防联治，将当地土匪尽数剿平，汉中府从此政通人和，百废俱兴。朝廷嘉奖，提拔赵鲲为陕西按察副使。赵鲲恪尽职守，整理学政，督促粮道，捐金三百修葺文庙，各项事务处理得井井有条，后改任云贵川按察使。赵鲲晚年在《寿张县官职题名记》中说"鉴物以修职则明，明德以立政则通"，恰是其资政心得写照。

赵鲲诗文俱佳,著有《九岭集》,清人宋弼《山左明诗钞》:"鲲文宗秦汉,诗拟盛唐,在官亦著政绩。……老成新隽,近亚石川,而名不显其时,亦可慨也!"后人将其列为"山左名家"。

赵鲲的次子赵有冯,嘉靖甲子科进士,先任河北衡水县知县,转任云南通海县知县。传说,赵有冯自幼聪明好学,读书日背百页,人品高尚,为官清正,以擅书法闻名于当时。赵有冯为人谦和,交游甚广,热衷参与社会活动,亦是当朝名士。万历七年重阳节,东平县昆山月岩寺重修落成后,树立《重修月岩寺记》石碑,由东阿籍赐进士许用中撰文,寿张籍乡进士赵有冯书写,东阿籍乡进士马英篆额,当地又称"三进士碑"。该碑现存月岩寺中,历经五百年清晰如新,赵有冯洋洋洒洒千余字碑文,仙风道骨,颇有晋唐风格。梁山莲台寺东侧石崖镌有万历二十三年的《肥城侯马公活命碑记》,寿张籍乡进士曹一夔撰文,乡进士赵有冯篆额,寿张邑庠生司绍先书写。清代《寿张县志》载有赵有冯《寿张县官职题名记》《寿张县筑堰记》等文,又有"登莲台"唱和诗:

绀宇嵯峨飞翠巅,层岩擎出华峰莲。
夕天露下芙蓉秀,绝壁云开菡萏鲜。
僧定法台常阒寂,地灵宝月正孤圆。
一从拂袖东山后,世味泊然始悟禅。

赵坝村自明初建村,赵氏以"仁义礼信、忠恕孝悌"的家训,影响教化了一代代赵姓族人,形成了勤劳清正的良好村风,被评为梁山县"历史文化名村"。

## 16. 潘季驯

### 千古治黄第一人

潘季驯（1521—1595）明朝嘉靖、隆庆、万历三朝的治河官员，为了确保运河的畅通和黄河、淮河的安全，曾四次担任总督河运大臣，他根据黄河易决、易徙和"一石水，六斗沙"的水性，改变过去治理黄河采用疏导和分水的办法，采用修筑河堤、束水攻沙的策略，将黄河、淮河、运河一起进行治理，"朝于斯、暮于斯、壮于斯、老于斯。"前后达二十七年。

第一次治河是嘉靖四十四年（1565）夏天，黄河在沛县决口，四十五岁的都察院右佥都御史潘季驯被紧急调用，协助工部尚书朱衡一起治河。

当时的黄河在徐州以南夺淮入海。朱衡为了保运河漕运，提出了避开黄河，开一条从南阳到留城的新河。潘季驯向田间老人询问，摸清了运河淤塞的原因在于黄河泛滥，他不同意朱衡的方案。朝廷下旨让朱衡组织开凿南阳到留城的一百四十里运河新道，让潘季驯开挖留城到徐州境山的五十里运河旧道。第二年九月，运河全线贯通。

潘季驯因母亲病逝，回乡给母亲发丧，丁忧三年。

隆庆四年（1570）九月，黄河、淮河诸水骤溢，运河河道淤塞一百八十里，一千多艘漕船被搁浅。潘季驯受命治河，带领五万河夫在黄河滩里挖河，满河稀淤，施工十分困难。

黄河春汛来了，河水陡涨，激流冲开小渠，像热汤冲到雪野上一样势不可当，使河槽很快变宽变深，潘季驯追着浪头跑，研究河水与泥沙的关系，借黄河水的力量来清淤。这一年的五月，黄河"麦黄水"来了，潘季驯乘坐小船，在决口处视察。风雨大作，他乘坐的小船被冲入激流之中，潘季驯死死抓住树梢才得以活命，大家紧急抢险，终于堵住了决口。

由于河里风大，运舟翻了近百条，损失漕粮四万石。潘季驯被撤职回家。

万历六年（1578）夏，朝廷急调潘季驯为右都御史兼工部侍郎，将河道与漕运一并管理，并提督军务，潘季驯开始了第三次保漕治河。

潘季驯针对黄河多沙与黄、淮、运交叉的复杂局面，向朝廷递交了一份《两河经略疏》，这是历史上第一份综合治理黄、淮和运河的全面的规划。在张居正的大力支持下，潘季驯提出了在徐州以下河漕两岸高筑大堤，挽河归漕，以实现束水攻沙，同时"逼淮水尽出清口"，从而实现以洪泽湖调蓄洪水、"蓄清刷黄"、解淮扬地区水患。

潘季驯为综合解决黄河、淮河、运河交会地区的问题，创修洪泽湖水库。潘季驯下令一万多艘船装上土沉入堰底，高家堰慢慢升高了。冬天，徭夫手足溃烂，潘季驯日夜和徭夫们在一起施工。春天，潘季驯带领官员们在风雨中跋涉。潘季驯在河道两岸修筑了缕堤和遥堤，在缕堤和遥堤之间修了一道道的格堤，在易溃的河段还修有月堤，建成了一整套防护大堤。"从万历七年至十六年，徐州至清河一段运河河道，年年安澜"。

万历十五年以后，黄河、淮河又相继决口，六十八岁的潘季驯再次被起用，为右都御史总理河道兼理军务，潘季驯不顾自己年事已高、体弱多病，日夜兼程勘视河工。他提出保证堤坝安全度汛的"四防""二守"制度，即昼防、夜防、风防、雨防，官守、民守。

由于身体上的过度劳累，再加上精神方面的不断刺激，潘季驯旧病复发，"血疾大作，口吐不绝者两昼夜"，他抱病视察了泗州的护城堤，病倒在大堤上。潘季驯利用养病之际，完成了一部治理黄、淮、运的巨著——《河防一览》，全书共分十四卷九十篇。

之后，潘季驯再上《乞休疏》，希望朝廷速选年轻有为的任事之臣前来代替。三疏乞休，未得允许，潘季驯只好强支病体，先是骑马，骑不动了，以舟代步，巡视河工。淮河大水淹没了泗州城，威逼到明祖陵，朝廷震动，同意潘季驯卸任还乡。

## 17. 孔祥柯

### 巴黎和会维国权

孔祥柯（1888—1920），曲阜人。民国初年著名学者、教育家、社会活动家。他最值得我们崇敬和纪念的，是在巴黎和会期间，为维护国家民族利益，苦心孤诣，一往无前。

1919年4月初，在听闻日本在巴黎和会上提出山东问题后，

孔祥柯像

为收回青岛，废除《二十一条》，山东外交商榷会及各界团体公举孔祥柯、许宗汉为代表，奔赴巴黎，向中国代表和"巴黎和会"呼吁请愿。《申报》称"此为吾国人民及地方政府派员从事国际活动之第一度。"

4月8日，孔、许二人在上海乘中国邮船公司"南京号"出发，在海上颠簸一月有余，于5月25日抵达巴黎。可是就在5月6日，巴黎和会第六次全体会议已经通过了对德和约，只待6月28日各国签字，其中就包括转让德国在中国山东的一切权益给日本。

孔祥柯、许宗汉还能做点什么呢？

在观察了解巴黎的形势后，孔祥柯决定向各国政要、民众宣传日本强占山东的真实情形，鼓动当地舆论，争取支持，要为万中无一的可能性，尽百分之一百的努力。

当时巴黎的舆论场上，几乎见不到为中国说话的地方，却处处可见为日本人撑腰张目的文章。孔祥柯后来了解到，这是日本人耗巨资做的国家形象宣传。中国驻外机构却不知道这样做。结果就是，在当时的舆论场上，对于中国问题，日本人说什么，西方人就信什么。

该如何打开舆论封闭的局面？作为山东的地方代表，孔、许两人没有与法国官方沟通交流的资格，唯有从民间着手。中国代表团想出一个办法，借孔祥柯为孔子后裔的身份，组织在巴黎的华人召开欢迎圣人后裔的大会，然后就可以寻机与巴黎社会有影响力的阶层交流联络。

孔祥柯曾在《欧洲战和与公理》一文中提到，"各国政府有时而假手强权，人民则心焉于公理。"他相信，虽然五大国政府恃强权，但他们的人民或许能秉持公理，给中国一份助力，帮中国争一份公道吧？

6月5日，在巴黎的华人为孔祥柯、许宗汉举办欢迎会。据《新民报》转引路透社的报道，孔祥柯在会议上发表演说，"华人服役于公理人道之观念，已千百年。今胶湾与境内税关之管理权皆在日人掌握中，日人因管理铁路，独占山东全省之煤矿。山东现为日本所占，中国全部乃受危害云云。"这次欢迎会后，"与巴黎社会稍开交际之渐，盘桓日久，彼中舆论界渐明中国事情，颇有愿为助力者。"

可是，他们连印刷宣传文章、标语的钱都难筹集，更遑论在当地报章上投放广告。孔祥柯曾给山东省军阀政府拍电报，请予拨款帮助。直至回到中国，他们也没有得到回复。

不能打广告，那就到街头、广场、各类公共场合去讲、去喊。

他痛陈中国遭受的屈辱和不公："和会处理中国问题之不平，天下所共知者也。各国人民咸为不平，异口同声，皆以为协约各国为反对恃强权者而战，终乃反助恃强权者夺利于主张公理者之手。"

痛斥英法意等国的霸权，"世界各国之事而由三数国定之，世界亿兆人民之事而由三数国之代表数人解决之，又曰：'此三数国既商定之和约，各国不得易一字。'强权之专制如此，公理之精神安在？"

他更向西方人申明中国人爱好和平，不屈服于暴力的精神："孔子不云乎，己所不欲勿施于人；又曰：四海之内皆兄弟也。可见二千余年孔子已布和平公道、协睦亲善之原理。而今人等处以实行之也。中国人爱此原理，习惯成性，向无侵弱拓边之野心。故对于和会之决定惊愤万状，心念凌弱暴寡之背道，志抗强食弱肉之弃天。精神所迫，万夫莫当。中国人可以德遇而难以力服，良有以也。"

百年之前，在万里之外的异乡，孔祥柯就在巴黎的街头顽强、执着地讲述着中国人的磨难、屈辱、悲愤，对自主独立的渴求，对公理战胜强权的期待。

6月23日，孔祥柯、许宗汉赴伦敦演讲，寻求英国舆论的支持。两天之后，他们又匆匆赶回巴黎，劝止中国代表团在巴黎和约上签字。

6月28日，在国内爱国运动的压力下，中国代表团拒绝出席《凡尔赛和约》的签字仪式。

归国途中，穿越美国时，孔祥柯仍旧寻找一切机会，揭露山东问题的真相，宣传中国人爱好和平、不畏强权的精神。孔祥柯的宣讲活动极受美国报社记者的欢迎，"吾人尽情陈述，极得各记者之欢待。盖若等难得探访中国事情之机会也。"

1920 年春，美国参议院否决了《凡尔赛和约》，其中一个原因，就是不接受和约中处置山东问题的条款。孔祥柯在美国几十天的奔走呼号，或许也帮美国人看清了日本人的野心吧。

又过了两年，1922 年 12 月 10 日，在美英法三国的压力之下，中国政府正式从日本军方手中收回对青岛的管辖权。德、日两国殖民者统治了二十五年的这座北方重港回到了祖国的怀抱。

为之呕心沥血的孔祥柯没能看到青岛的归来。1920 年年初，奔波劳累、积郁成疾的孔祥柯不幸离世。

# （四）风云际会

## 1. 曲阜二师

"子见南子"风波

曲阜二师（张建中摄）

在曲阜孔庙东侧，有一座创办于清光绪年间的曲阜县官立四氏初级完全师范学堂，学堂虽名为"官立"，其实是孔府的私家学校，学生仅为孔、孟、颜、曾四氏及少数旁姓至亲子弟。1914年春，民国政府将学校定名为山东省立第二师范学校，俗称"曲阜二师"。

1929年6月8日晚，曲阜二师学生因演出历史话剧《子见南子》，引起轩然大波，惊动了国民政府。

《子见南子》，是林语堂创作的历史话剧，发表在鲁迅先生主编的《奔流》月刊上。"子见南子"的典故出自《论语·雍也》："子见南子，子路不说。夫子矢之曰：'予所否者，天厌之！天厌之！'"。大意是：孔子去面见南子，子路不满孔子和这样的人来往，孔子说：我没有做任何不该做的事，否则老天都要讨厌我。话剧《子见南子》，对孔子进行了全新解读，赋予孔子七情六欲，把孔子还原成一个有血有肉的人。剧本问世后，深受广大进步青年的欢迎，纷纷将其搬上舞台。

时任曲阜二师校长的宋还吾，积极提倡民主，反对封建；提倡新文化，反对旧礼教，批准学生演出《子见南子》一剧，并邀请孔子后裔观看。大幕拉开，只见"孔子"头戴冕旒，身穿大袍，满脸锅灰，猥猥琐琐，与南子一唱一和；剧中的南子，是新时代新女性的代表，她要求个性解放，主张男女同学，还为此跟孔子进行大辩论，最后居然用一群美女唱着"郑卫之淫声"，且歌且舞，将孔子师徒团团包围，令孔子不得不落荒而逃……

台下观众被逗得哄堂大笑，孔氏后人们则恼羞成怒，气急败坏，认为演出丑化先祖，亵渎圣人。孔府以"孔氏六十户族人"的名义联名向南京国民政府教育部提出控告，并在全国范围内引发舆论关注。当时的中央研究院院长蔡元培、教育部部长蒋梦麟均认为孔氏家族纯属小题大做。孔氏家族对教育部的表态极为不满，又通过工商部部长孔祥熙将控告信转呈蒋介石。蒋介石令教育部"严办"。教育部和山东省教育厅调查认为，省立第二师范的学生并非故意侮辱孔子，只因曲阜地处偏僻，几千年来深受传统伦常熏染，对于孔子顶礼膜拜，难以接受对孔子的戏剧化演绎。教育部本着淡化处理的原则，要求对省立第二师范的师生"严加训诰，并对孔子极端尊崇"。

孔氏族人依旧不满，继续控告，强烈要求惩治校长宋还吾，并且舆论愈演愈烈。孔祥熙等人在国民党中央常委会上弹劾山东省教育厅厅长何思源，认为其虚与委蛇，处置不力。

迫于压力，山东省教育厅将宋还吾调离曲阜，开除两名学生演员。至此，"子见南子"案落下帷幕。同时，一场封建势力与民主进步势力的斗争也拉开序幕，掀起了山东进步学生运动的新高潮。

## 2. 昆张支队

### 平原游击队的典范

抗战时期，梁山县处于昆山、张秋、寿张、东平、汶上、郓城等几个县的接壤处，这片英雄的土地，抗战之初就成了共产党领导的抗日根据地。在梁山东北部的昆山一带，1940年和1941年，这里先后成立了昆山实验区和昆山实验县。1942年10月，日军对昆山县进行合围，昆山县的党政组织损失惨重。敌人在梁山一带推行"治安强化"，建自卫团，安排人打更放哨，老百姓生活在白色恐怖中，我地下党组织也受到了很大破坏，整个梁山一带，已经变成了敌占区。

为了打破封锁，冀鲁豫军区二分区也曾经安排八路军一个团和一个营先后进入梁山地区，但是，由于敌人力量过于强大，机动十分迅速，根本无法立足，只好又撤回根据地。

在这严峻关头，冀鲁豫军区党委决定派小部队伸向敌后开展游击斗争，把敌占区变成游击区。这支小部队要进入梁山、昆山和相邻的张秋一带，因此称为昆张支队，也称梁山支队。支队长为吴忠，政委为邵子言，特派员管学思。

1942年11月8日深夜，昆张支队换上当地百姓穿的紫花棉布袍子，带着三挺机枪，每人手里还有步枪、短枪、铁锹，穿过干涸的黄河，爬过封锁沟和封锁墙。

他们来到汶上县的拳铺村，汶上和郓城、寿张等县的伪军一起围了上来，吴忠指挥先打其中的一股敌人，打得敌人抱头鼠窜。夜里经过一番艰难行军，他们来到梁山脚下的陈庄村。这个村里有敌人的据点，吴忠带领战士们来到村东，包围了据点，翻过矮墙，进了院子，伪军们正在屋里呼呼大睡，战士们进去收缴了挂在墙上的枪支，喝令他们投降。

昆张支队在梁山坚持斗争二十一天，了解了根据地的基本情况，完成了侦察任务，决定返回濮范观根据地。

昆张支队经过一个星期的修整，十二月底，吴忠、邵子言带领昆张支队二进梁山。

吴忠和邵子言商量，昆张支队兵分两路，吴忠去东平打游击，邵子言、吴力全、杨岗等人留在梁山西部一带收拢失散的党员干部，甄别村级组织，建立县区武装和民兵组织，争取伪军反正，建立起自己的情报系统。

昆张支队在东平黄沙弥漫的流泽一带广造声势，白天攻打据点，晚上召开群众大会，日军小队长平井十分生气，将所有的日伪军回调东平一带，和昆张支队决战，吴忠和邵子言看到吸引敌人的任务已经完成，决定返回根据地修整，他们向北越过大清河，过了黄河，向西回到濮范观根据地。

他们回到根据地以后，得到了上级的表扬，冀鲁豫军区决定推广昆张支队的经验，先后派出 142 支小部队，分头进入敌占区。

春节过后，昆张支队再次进入梁山地区。

1944 年夏天，冀鲁豫军区二分区和教三旅八团根据梁山一带快速发展的形势，决定组织一场昆张战役，由教三旅八团主力和昆张支队一起行动，全面解放梁山地区。各个据点的伪军不敌八路军，不敢再坚守，八路军送过去一个字条，让几点几分出来投降，他们就都乖乖地放下枪，排队出炮楼投降。同时，当地干部通知附近村民们来拆炮楼，群众都受够了日伪军的危害，热烈响应，大小车辆一起上，拆的拆，拉的拉，一夜之间，炮楼碉堡就夷为平地。在经历了一年零八个月的沦陷之后，梁山地区重新回到了人民手中。

1944 年 6 月，冀鲁豫军区撤销昆张支队的编制，其中的一中队回归原八团，王定烈担任八团副团长；其余的二、三、四、五中队组成了一个新的基干五团。1945 年，从分局平原党校学习归来的吴忠又回到了梁山地区，受命担任五团的副团长。

1944 年中秋节那天，想到很快就要离开这里了，王定烈和战友们专程登上梁山虎头峰，他看着热血捍卫的土地，心潮澎湃，赋诗一首：

群英热血洒梁山，创业千辛与万难，
遥望征途崎岖路，斩酋降丁再夺关。

昆张支队三进昆张地区，经过四百多次战斗，越战越强，消灭了日伪军，恢复了根据地。冀鲁豫军区派出的个个小部队分赴敌后，成效很大，冀鲁豫根据地迅速恢复和发展，变成了全国最大的根据地。昆张支队在平原地区把人民群众当作靠山，又以武装力量为人民群众树立了斗争信心，其依靠人民群众、建立统一战线、坚持武装斗争的三大经验，至今仍然散发着熠熠的光辉。

## 3. 微山湖上交通线

### 一条通往延安的坦途

微山湖又名南四湖，由微山、昭阳、独山、南阳四湖组成，长达 240 余华里，总面积 1260 多平方公里。微山湖像一条南

微山湖（王雪峰摄）

首北尾、斜卧在鲁苏皖三省交界处的巨龙；白马河、泗河、汶河等十余条大河，如龙须飘逸；湖面上星罗棋布的渔村，犹如片片鳞甲，沿湖的滕州、邹城、微山等十余座县城，点缀在巨龙的周围；京杭大运河穿湖而过，像银练把颗颗珍珠串联起来。宽阔的湖面，碧波万顷，苇草争绿，荷花竞红；点点白帆，点缀其间；鸭栖岸渚，水鸟翱翔，更添壮美景观。微山湖不仅物产丰富，人杰地灵，还有着光荣的革命斗争史。

抗日战争时期，铁道游击队、微湖大队、运河支队等抗日武装，在微山湖地区建立了根据地，他们出没在千顷芦苇荡里，活跃在津浦铁路线上，截军火，炸列车，创造了许多可歌可泣的英雄事迹。

微山湖东依津浦铁路，西临苏皖平原，北靠古城济宁，南抵战略要地徐州，位置非常重要。1942 年，在日寇的疯狂"蚕食"下，从湖西到鲁南，由华中去陕北的交通线，完全被敌人切断，上下不通，左右失联，对我军十分不利。

1942年夏天，微湖大队为开辟湖上交通线，积极开展工作，保证了革命圣地延安和华中、华东抗日根据地之间的联系。老一辈革命家刘少奇、陈毅、朱瑞、萧华等在游击队的护送下在此拴马暂歇，然后乘船西去，一批又一批的干部从敌人的鼻子底下安全通过。

1942年，新四军政委刘少奇回延安。7月下旬，刘少奇到达微山湖后，便登上渔船住宿隐蔽，待第二天天黑后再去湖西。不料敌情有变，敌人在湖西一带疯狂"扫荡"，封锁严密，无法安全进入湖西。就这样，铁道游击队的领导陪同刘少奇在微山湖里的渔船上度过了四天四夜。

在这四天里，刘少奇接见了当地干部，并对沛滕边县的工作做了指示。第五天，湖西形势转好，刘少奇一行在微湖大队的护送下，安全到达微山湖西岸。湖西军分区的首长在岸边翘首以待，等船靠岸后，刘少奇握别了微湖大队的护送人员，跨上战马，又踏上新的征程。

1943年11月初，新四军军长陈毅从军部江苏盱眙县启程，到延安参加中共七大。月底的一天，陈毅和两名警卫员进入鲁南，在铁道游击队、运河支队的护送下，穿过津浦线，渡过大运河，到达微山湖边的一个叫葫芦头的地方，一叶小舟从干枯的芦苇丛中划出。微湖大队护送陈毅一行乘上小舟驶向湖里。在湖心的一处鸭墩旁，陈毅登上一只大船。这是微湖大队为陈毅一行准备的"招待所"。

夜深了，陈毅望着飘浮在湖面上的残月，远处嵯峨的峰峦，轻轻摇动的小舟，不觉诗情涌动。一首壮丽的诗篇，从他心底吟出：

横越江淮七百里，微山湖色慰征途。
鲁南峰影嵯峨甚，残月扁舟入画图。

湖上交通线在敌人的围剿下曾两次中断，又两次得到恢复和巩固，铁道游击队、微湖大队、运河支队用实际行动保证了湖上交通线的畅通无阻，陈光、罗荣桓、萧华、黎玉四位首长，当时还联名写信给微湖大队。信中说："你们像一把尖刀插在敌人心脏，用你们的勇敢和智慧，在星落棋盘的据点中，蹚出了一条通往延安的坦途……"

## 4. 铁道游击队
### 激战微山岛

微山岛位于微山湖的中心，是一个四面环水的孤岛。从1940年起，这个小岛就成为铁道游击队等抗日武装的根据地。他们发动渔民参加抗日组织、休整练兵，还将从敌人火车上扒下的物资隐藏在岛上，然后分批运往山区根据地。

铁道游击队以浩荡的湖水为天然屏障，以岛为基地，不断地派出武装小分队，神出鬼没四面出击，巧妙地打击敌人，弄得敌人顾此失彼，惶惶不可终日。

如此一来，微山岛就成了日伪军的眼中钉、肉中刺，他们

铁道游击队雕像（赵新宏摄）

时刻都想夺下微山岛。1941年6月中旬，临城日军和汉奸队乘岛上空虚之机，发动偷袭，终于占领了微山岛。

铁道游击队失去了后方根据地，便大闹铁道线，弄得敌人六神不安，不到一个月，便把驻岛的日军又撤回临城铁路线上，微山岛只留下一个伪军大队。

铁道游击队决定利用这个机会，再夺回微山岛。7月底的一个晚上，一百多名游击健儿趁着夜色包围了微山岛，并向伪军队部发动攻击。毫无准备的伪军，被这突如其来的袭击吓蒙了，纷纷丢枪逃窜。但龟缩在伪乡长院子里的部分伪军仍负隅顽抗，在久攻不下的情况下，人称"机灵鬼"的短枪队队员孟庆海抱着两只鸡，提着个瓶子跑过来。

大队长洪振海生气地问："都什么时候了，你还有心耍把戏？"

孟庆海抿嘴笑笑，把瓶子里的煤油倒在鸡身上，然后爬到伪乡长的院墙边把鸡点着火，一只只扔进院子里。

两只"火鸡"拼命挣扎着乱飞乱撞，很快就引着了院内的芦苇、房屋。这一下真灵，伪军们纷纷向墙外扔枪投降。

敌我双方在岛上激战了五六个小时，惊动了岸上的日军。天色蒙蒙亮时，日军派出大批敌军乘坐四五艘汽艇向微山岛增援来了。

此时，我军在子弹、体力等方面都消耗很大的情况下，决定不同日军正面冲突。副大队长王志胜（王强的原型）找出隐藏的日军军装让队员们换上，大家凭着对水情、人情的了解，向湖对岸游去。队员们游出去没多远，就遇上了鬼子的汽艇，鬼子问道："什么的干活？"参加铁道游击队的日本反战同盟成员石川便叽里咕噜了一阵子，用日语搪塞了过去。

先到的日军登上微山岛后，没有发现一个铁道游击队队员。这时，有汉奸向日军报告说，铁道游击队都换上皇军的衣裳，刚刚浮水跑了。

日军闻听，急忙向湖边追去，正巧，后到的日军刚刚下了汽艇，加上天色较暗，两方日军便展开了厮杀。岛上的日伪军被汽艇上发射的炮弹炸死一大片，准备上岛的日军被岸上的日军发射的炮火压得抬不起头来，纷纷往湖里钻，不料全陷进了民兵设置的鱼钩阵，水中的鱼钩子，像伏兵一样，死死钩住敌人不放。日军你挣我拽，越拽越紧，越钩越深，疼得他们鬼哭狼嚎，还以为遇上了什么新式武器。

岛上、湖里的日军激战两个多小时，死伤不计其数，双方都以为遇上了八路军主力，所剩无几的十几名日军争先恐后地爬上汽艇，逃离了微山岛。

这时，铁道游击队早已平安登陆，又回到了铁道线上……

微山岛上的民兵也摇橹撑船出动了，他们像捞鱼捉鳖一样，把陷入鱼钩阵的120多个鬼子汉奸捉上了岸。

微山岛又回到了人民的怀抱。

## 5. 羊山战役

*欣看子弟夺城关*

金乡鲁西南战役纪念馆（王雪峰摄）

狼山战捷复羊山，炮火雷鸣烟雾间。

千万居民齐拍手，欣看子弟夺城关。

这是 1947 年 7 月底，刘邓大军取得羊山战役胜利后，面对解放军与当地百姓共同欢呼的感人场面，刘伯承元帅欣然写下了《记羊山集战斗》一诗。

这年 7 月初，刘邓所部晋冀鲁豫野战军主力强渡黄河，从梁山县蔡楼渡口登岸，千里跃进大别山。当进入嘉祥县狼山屯时，与国民党三十二师和七十师相遇，在我军强大的攻势下，敌人的两个师被打得丢盔弃甲，狼狈逃窜。接着我军进入金乡县羊山一带。

驻守羊山的国民党军整编第六十六师，是国民党军第二兵团最精锐的部队，师长宋瑞珂认为我军擅长运动战，很有可能已在路上设伏，决定暂不突围，依托羊山险要地形进行防守，等待援军。

羊山海拔 400 多米，东西长约 1.5 公里，远望犹如一只静卧在旷野里的绵羊。山虽不高，却地形险要，易守难攻，自古便是屯兵据守之地。

7 月 13 日，刘邓大军一举扫除了羊山外围阵地，立即攻打羊山。此时大雨刚过，羊山集附近形成沼泽地带，给部队机动带来困难，且羊山集内国民党军火力可控制羊山周边，有利于其固守和相互支援。刘伯承命令第二、三纵队这两支精锐部队为主力，兵分东西两路同时向羊山发起进攻，其余部队作为预备队和打援力量部署在羊山周围。敌人依靠坚固工事和猛烈火力顽强抵抗，至 19 日，我军发起三次进攻，因连日大雨和敌人火力猛烈，最终还是失利。

羊山战役打响后，蒋介石急飞开封，亲自督战，并不断催促国民党军陆军司令顾祝同派兵增援。与此同时，毛泽东致电刘伯承、邓小平，确定、确保和扩大战略主动权的军事部署，要求陈毅领导的华东野战军和陈赓、谢富治兵团配合向中原推进，并要求陈谢兵团在挺进豫西后归刘、邓指挥。这一部署不仅在兵力上对刘邓大军进行了支援和补充，更在思想上给刘邓大军吃了一颗"定心丸"。刘、邓决心，即使有蒋介石亲自坐镇，也要啃下这块硬骨头，我军及时调整部署，加强火力和兵力，调集所有可调集的火炮，在发起总攻前，敌我力量对比已为 3∶10，我军优势明显。刘、邓两人亲临前线，向前线指挥员传达中央军委指示精神，并共同研究打法，决定利用兵力优势，改变策略，强攻羊山制高点。27 日傍晚，我军发起总攻，突破敌火力封锁，最终于当晚占领羊山主峰，敌人虽发起多次反扑，均被打退。我军控制制高点后，居高临下，通过火力网控制羊山和羊山集镇，将整编第六十六师分割包围，但敌人并未放弃抵抗，双方短兵相接，战斗进入白热化。当时，国民党援军早已到达羊山附近，但慑于我军的"口袋阵"，他们每天只敢向羊山机动 5 公里，直到羊山失守，援军也没到达。28 日中午，我军占领羊山，全歼整编第六十六师 2.3 万人。

羊山战役是刘邓大军从鲁西南千里跃进大别山前的最后一战。刘邓大军随后挥师挺进大别山，直捣国民党统治核心地区，拉开了中国人民解放军战略反攻的序幕。

人天眼目

二

"尼山巍巍，洙泗流长。"尼山是孔子的诞生之地，也是儒家文化的重要发祥地，千百年来，儒家思想薪火相传，浸润着中华儿女的文化基因。济宁的历史文化，又是包容的，多样的。巍巍宝相寺，被誉为"北朝最初名胜，东土第一道场"；千年兴隆塔，"翠色独凝洙水，风声遥应岱峰"；历史上都曾高僧齐聚，信徒云集。更有梁山好汉举义旗，呼啸山林，替天行道。元代大运河东移，"官舸商舶鳞集，麻拥于济城之下"，济宁成为重要的码头和商埠后，敦厚仁义的儒家文化与开放包容的运河文化相融合，在济宁大地上描绘出一幅运河文化与儒家文化同生共长、交流互鉴的壮丽图景。

# （一）山川胜迹

## 1. 尼山文脉

### 孔子诞生的传说

尼山是中国先哲孔子的诞生地，是历代儒客朝拜之圣地，据《史记》记载，孔子父母祷于尼丘而得孔子，尼山因此闻名遐迩，被誉为中华文化乃至世界文明景观的制高点。

尼山位于曲阜城东25公里处，原名尼丘山，因孔子名丘，

夫子洞（李晖摄）

为避圣讳，故名尼山。"其山五峰连峙，谓之五老峰"。尼山居中，巍峨壮观。

传说，孔子的父母叔梁纥、颜徵在婚后，经常到尼丘山上烧香祈祷，保佑能添个健康的男孩。一日，忽见天降麒麟，并吐血于石上，孔母因曾坐于石上而受孕，孔母临盆时，一阵悠扬的鼓乐之声，从天际传来，随之，一只玉麒麟口衔玉帛从天界缓缓降临，将玉帛吐到孔母面前，上面写道："天遣奎星下凡，将要振兴周朝。"玉麒麟腾云驾雾而去之时，孔子诞生了。

当孔子父母仔细打量新生婴儿时，不由地倒吸一口冷气，只见这孩子长得有些反常：头顶如反盂，中间低而四边高；且眼露筋，鼻露孔，耳露轮，嘴露齿，俗说"七露"。叔梁纥十分恼怒，便把孩子扔在了尼丘山下。

此时正是八月，天气格外炎热。孩子躺在野地里，晒得直喘气。这时，一只老鹰飞来，呼扇着双翅不停地给孩子打扇遮阳。傍晚，一只斑斓母虎从山上下来，把孩子衔进山洞里，用虎乳喂养孩子。那山洞就是现在的夫子洞，又叫坤灵洞。

这就是民间广为流传的"麒麟送子""龙生虎养鹰打扇"的来历。

后世在尼山建设了孔庙、尼山书院等气势恢宏的建筑群。孔庙有座高高的观川亭，传说是孔子临川慨叹的地点。那一叹，声闻千古："逝者如斯夫，不舍昼夜！"观川亭和智源溪、五老峰、鲁源林、白云洞、文德林、坤灵洞、中和壑等称尼山八景，岩松苍苍，古柏森森。群山环抱的尼山水库，更为清幽的尼山平添了碧波秀色。

进入新时代，古老的曲阜深耕文化沃土，五老峰下"尼山圣境"拔地而起，72米高的孔子雕像，依山而建的大学堂，吸引着四海宾朋。

尼山圣境和孔子研究院、孔子博物馆被誉为"新三孔"，与古老的孔府、孔庙、孔林，珠联璧合，儒风千载、文脉相传。

## 2. 洙泗渊源

### 圣人门前倒流水

"尼山巍巍，洙泗流长。"在全国各地的文庙里，大多有一座"洙泗渊源"的牌坊，或木或石。洙泗，即洙水和泗水。古时二水自今之泗水县合流西下，至曲阜城，又分为二水，洙水在北，穿过孔林后，饶城南流；泗水在曲阜城南，南流注入淮河。春秋时，孔子在洙泗之间聚徒讲学，"洙泗"便被视为

洙泗书院（王雪峰摄）

儒家思想的发源地。后人以"洙泗"作为儒家和儒家思想的代称。

孔子故乡的河水都是由东向西流的，形成了"圣人门前倒流水"的奇观。

传说有一年，曲阜大旱，孔子带领弟子们天天到舞雩台上祈雨。这天祈雨归来，孔子路过沂河，见一群顽童正用砖头石块追打一条小白蛇。小白蛇已被打得遍体鳞伤，血迹斑斑，但仍艰难地向河里蜿蜒爬行。孔子见了，顿生仁慈之心，立即喝退顽童，将受伤的小白蛇带回学馆喂养。

每当孔子来学馆向弟子们授课时，小白蛇就像通灵性似的伸长脖子，双眼紧盯孔子，一副聚精会神的样子。几个月过去了，小白蛇的伤养好了，孔子就要把它送回河里去，一路上，小白蛇望着孔子不住地流泪，孔子心想："这东西还怪通灵性哩！"来到河边，孔子把小白蛇放进水里，说道："回家去吧。"话音刚落，就见水惊浪腾，一只龙爪向孔子一挥，就听它道："夫子救命之恩，弟子来日定报！"孔子大吃一惊，原来自己救了一条龙哪。

原来，小白蛇是东海的太子小白龙。小白龙回到东海龙宫，见了老龙王就哭，老龙王问他出了什么事，小白龙就把自己遇险被救的经过向老龙王讲了一遍。老龙王说："你遇上好人了。咱宫里有金有银，你拿去谢谢人家吧！"

小白龙说："我在他家养伤数月，知他是位讲仁义行道德的大圣人。因曲阜大旱，老百姓苦不堪言，他每天都带着弟子顶着烈日到舞雩台上去祈雨，儿臣请求父王给曲阜降一场透雨，救命恩人知道是咱降的甘霖，比给他金银财宝都高兴啊！"

老龙王十分为难地说："降场透雨容易，只是玉皇大帝有令，要山东大旱三年，这曲阜正在山东地界。玉帝的旨意谁敢违抗？"老龙王前思后想，最终没有答应儿子的请求。不料想，小白龙背着老龙王悄悄点齐水族，趁夜向曲阜进发了。

半道上，小白龙的行动被巡天的夜叉发现了，急忙报告了玉帝。玉帝闻听，勃然大怒，大骂东海龙王竟敢拿御旨当儿戏，擅自去山东降雨，于是命令雷神出动，阻止小白龙。

小白龙一路急行，快到曲阜上空了，还没来得及降雨，正好和雷神相遇。雷神不问青红皂白，一阵霹雳闪电，小白龙被击死，化作一座土丘，就是现在的泗水城东五十里处的陪尾山。

小白龙虽然被击毙了，但仍念念不忘曲阜的旱情，便从许多石缝里吐出泉水，形成了"泉林"胜景，泉水汇聚在一起又曲折蛇行，由东向西流去，形成了中原地区少见的倒流水——泗水。

## 3. 沂河

*春风舞雩咏而归*

沂河，古称"沂水"，流过尼山，与夫子洞旁的智源溪汇聚，蜿蜒流过鲁国古城之南。沂河的南岸有座舞雩台，是鲁国第一代国君伯禽建立的祭天祈雨的神坛。晚年的孔子曾与四位弟子在沂河游泳，并在舞雩台上与弟子们对话抒怀，留下了"四子侍坐"的典故。

一天，孔子乘兴邀上曾点、子路、冉求、公西华四位弟子来到沂河畔，登上舞雩台。北望鲁城，金碧辉煌；南视沂河，波光粼粼；田畴无垠，碧绿葱茏。孔子让四位弟子坐在自己的周围，说："我老了，没人愿意用我了，你们还年轻，正是施展抱负的年纪。你们常常说别人不赏识自己，有时怨天怨地，现在我问问你们，假如有人重用你们的话，你们打算怎么办呢？"

孔子的话音刚落，子路就一跃而起，不假思索地说道："如果让我去治理一个拥有千军万马的大国，哪怕四面受敌，民不聊生，我子路受命于危难之时，也能在三年之内训练好军队，外御列强，内平暴乱，这样，国家就会强盛，人民就得安乐，周公之礼也就自然而然地恢复了。"

孔子听了，哈哈大笑，笑得大家莫名其妙。孔子扭头对冉求说："求呀，你说说你的打算。"

冉求想了想，说："我只要一个方圆六七十里的地方，即使五六十里的地盘也可以。如果让我去治理，我可以让老百姓都吃饱穿暖，其他的事情，如教化，我不敢保证，只能靠那些比我更有道德有才能的人去管理了。"

孔子听后沉吟了一下，也没表示什么，又让最小的弟子公西华谈谈。公西华在老师和师兄面前显得有些拘谨，他用十分谦虚的口气说："我不敢说我准能做成什么事，我只想在诸侯们会盟的时候，穿上礼服，充当一个小小的司仪就行啦。"

孔子扭脸对正在抚琴的曾点说："点呀，不要弹琴了，你也说说你是怎么想的？"曾点放下拨弄琴弦的手，慢慢地说道："我和他们的想法不一样。"孔子说："不一样没关系，人各有志嘛！"

曾点抬头看天，低头看河，然后才说："我只希望在夏收之前的日子里，穿上轻便的衣裳，邀上五六位志同道合的朋友，再带上六七个小男孩，到沂河里自自在在地洗个澡，然后站在这舞雩台上晒晒太阳吹吹风，欢欢乐乐哼着小曲回家去。家里备有酒肉，可以心情舒畅地享用，我就心满意足了。"孔子大声赞道："好啊！曾点的主张和我的一样！"

子路见孔子对他们三人的发言不以为然，偏偏称赞曾点无所作为的思想，很不服气，就小声道："人生在世无所作为，不和禽兽一样了吗？"

"你懂什么？"孔子白了子路一眼，道，"你们听曾点所说的内容，不正是一番升平气象吗？这要在国家强盛、人民富足，又无外敌侵扰的情况下才能办到。这正是我的治国思想、仁政主张实现以后，所能达到的境况啊！"

后世在舞雩台上立了"圣贤乐趣"石碑，以纪念"四子侍坐"的故事。


## 4. 孔府

### 天下第一家

曲阜三孔——孔庙、孔府、孔林，是国务院 1961 年公布的第一批全国重点文物保护单位；1994 年入选世界遗产名录。它以雄伟的地上古建筑群蜚声海内外，是中外游人向往的游览胜地。

阙里街是曲阜城内的一条古木森森、碑坊耸立的老街。街上有一座宫殿式的府第，门额高悬着一块竖匾，蓝底金字，大书"圣府"。这就是号称"天下第一家"的孔府。孔府是我国仅次于明、清皇帝宫室的最大府第，占地240多亩，有厅、堂、楼、轩等各式建筑480间，分为中、东、西三路。东路为家庙，西路为学院，中路为主体建筑。府内所藏历史文物丰富，其中最著名的是"商周十供"，也称"十供"，原为宫廷所藏青铜礼器，清高宗于乾隆三十六年（1771）赏赐孔府。

自汉代以来，孔子的嫡系长支一直是皇封的奉祀孔子的官员，是我国封建社会享有两千多年特权的世袭大贵族。孔府内保存着我国最完整的与三孔有关的家族档案。在民间也流传着许多传说故事，或秘事，或掌故，或趣闻；有尊崇，有好奇，也有讽喻。

东汉时，钟离意出任鲁国国相，他请人修缮孔子旧宅，整理孔子遗物。民工张伯利铲草时，发现了七枚玉璧。趁四下无人私藏了一枚，把另外六枚交给了钟离意。一天，钟离意来到孔子当年的居室，见床头悬着个瓦罐，便取下来，揭开封口，里面有一卷白绢，写道："扬我董仲舒，爱我钟离意；小人张伯利，玉璧七藏一。"钟离意传来张伯利，张伯利乖乖交出了私藏的那枚玉璧。

孔府大门悬挂着一副木雕金字对联："与国咸休安富尊荣公府第，同天并老文章道德圣人家。"上联中的"富"字缺一点，意为"富贵无头"。下联的"章"字的一竖，穿日顶天而立，寓"文章通天"。圣人之家气势赫然。相传是清代大学士纪晓岚所题。

　　说起孔府是"天下第一家"的由来，曲阜流传着一个乾隆皇帝的女儿下嫁孔府的传说。传说乾隆有个女儿，因眉心有颗黑痣，说主灾灭主，只有嫁给天下第一家方能破解。当时乾隆很为难，普天之下除了皇家哪还有配称"天下第一家"的。军机大臣于敏中说："古往今来，孔子一直被尊为'天下帝王师'；他的家乃是'天下文章第一家'嘛！"于是，乾隆的女儿便以于家女儿的身份嫁到孔府。经查，所谓公主实为于敏中的女儿，孔府文档皆称其"于氏"。

　　据传，于氏的儿子孔庆镕，六岁时进京见乾隆，乾隆有意试他才学，问："爱孙，孤家的门槛甚高，你怎敢迈进？"孔庆镕道："叩禀圣上，皇爷家的门槛至高无上，它站着是高了一些，但躺卧着却短了一些，臣府的门槛长远无度，它站着虽矮一些，可躺着却比皇爷家的要长。臣常常出入大一些的门槛，怎么不敢迈进皇爷家的高门槛呢？"乾隆闻言，哈哈大笑，道："爱孙不愧为圣人后裔呀，将来必成大器！"

# 5. 孔林
### 世界最大的家族墓地

　　孔子死后，其弟子将他葬于鲁城北泗水之上，初为"墓而不坟"。秦汉时期，将其高筑，后经历代修茸营造，孔林规模越来越大，成为中国规模最大、持续年代最长、保存最完整的氏族墓葬群和人工园林。两千多年来葬埋从未间断。

整个孔林里，现有殿亭门坊上百间，碑碣三千余块，树木四万多株，林垣墙 7.25 公里，墙高 3 米，厚 5 米，总面积三千亩，比老曲阜县城还要大。在这些坟茔碑碣的前面都有排列整齐、造型威严、形象怪异、神态逼真的石兽、石人、石虎、石马、石羊、石望柱、石阙等石刻群。墓前陈列石仪，始于东汉。石人是墓主的警卫、侍从，石兽则象征吉祥并起到驱鬼除怪的作用，后来逐渐演变成显示墓主生前地位的标志。孔林里的花、木、泉、石，甚至飞禽走兽、碑碣石仪，几乎都有传说故事。

孔子墓东为其子孔鲤墓，南为其孙孔伋墓，墓葬布局名为携子抱孙。孔子推崇周礼，重视丧葬制度，把丧葬制度看作是宗法制的基础，主张"葬之以礼"，即按照礼的规定和要求举行丧葬。孔子死后应葬在他父母的坟地，即梁公林。这也是孔

孔林（张建中摄）

子最重视的丧葬内容之一。但他却另辟新林，这是为何？

据传，孔子周游列国时，他的儿子孔鲤去世了。按照礼俗，父母在，子少亡，不得入老林。家人便把孔鲤暂时埋在了城北。自孔鲤死后，孔子的夫人亓官氏与儿媳的矛盾日益激化，亓官氏私自做主，将儿媳休出孔门。这样一来，死后的孔鲤又成了鳏夫。按礼俗，光棍汉子不能入老林。孔子晚年回到曲阜，一天，与孙子子思出外散步，无意间来到孔鲤墓旁，孔子想到自己死后也不能同爱子团聚，不由得长叹一声。他四下一看，不由得眼前一亮，这是片风水宝地哪！回城的路上，孔子告诉孙子：埋孔鲤的地方，原是周公看好的林地，因周公死后埋在了尧王林里，所以这块地就闲了下来。孔子交代自己死后就葬在这里，于是有了"周占尧王墓，孔占周家林"的说法。这也是孔子为何选择新林的最好解释。

孔子晚年，派人修建林地。孔子说："给我修十八座坟茔，估计日后会有人来扒我的坟墓。"十八座坟茔修好了，有人建议再挖一条河，使圣脉通畅。孔子说："不要忙，自有秦人来挖河。"二百多年后，秦始皇亲来曲阜灭孔。有谋臣建议："要彻底灭孔，先破他的风水，后扒他的坟墓。"于是在孔林里挖了一条河——洙水河。接着挖坟灭尸。当扒到第十七座坟时，竟挖出一块大石板。秦始皇以为是棺材盖了，就叫民工抬上来，却是块石碑，上面写道："后世一男子，自称秦始皇，上我堂跃我床，颠倒我衣裳，饮我美酒浆，走到沙丘一准亡。"秦始皇读了，当场气晕过去。众人见老圣人显灵了，急忙丢了手里的家伙撒腿就跑。于是孔子的真墓保存了下来。

名人可使顽石成玉，蓬荜增辉，风物名扬天下，往往是因为传说故事使历史人物、事件与有关风物千古不灭。

## 6. 孟母林

*中国良母　懿范千秋*

接连曲阜市和邹城市的 104 国道又称"孔孟新道"，两市的交界处有一个叫凫村（今属曲阜市）的村庄，村口立着一座"孟子故里坊"。孟子故宅坐北朝南，院内古柏撑天，三间正殿，前厦后座，四梁八柱，上饰木雕斗拱。殿内正中供有孟子父母的塑像。

村东的马鞍山是孟母的安息之地——孟母林。孟母墓碑上镌刻着"亚圣孟母端范宣献夫人墓"。孟母林也是中国保存完整的氏族墓地之一，山上山下遍植桧柏，古木葱郁、浓荫蔽地，石碑林立，颂扬孟母的坚贞志节与慈母风范。

传说，孟母仉氏受过良好的教育。她怀孕后，因知道周文王的母亲妊娠时"目不视恶色，耳不听淫声，口不出傲言"，"立而不跛，坐而不差，笑而不喧，独处不倨，虽怒不骂"的历史典故，深知"胎教"对胎儿的重要性，所以，她曾说："吾怀妊是子，席不正不坐，割不正不食，胎教之也。"

孟子的父亲孟孙激，是鲁国贵族的后代，但到了他这一代已经衰落下来，他成了一位怀才不遇的读书人。为了求发展，他抛妻别子，远赴宋国游学求仕。当孟子只有三岁时，从宋国传来他溘然长逝的消息。

　　从此，养育儿子的重担便落在了孟母身上。孟母为了使儿子成长为栋梁之材，在孟子年幼时就严格管束，甚至不惜"三迁择邻""断机教子"，为小孟轲的成长创造了良好的外部环境。

　　春秋战国时代，学术风气蓬勃发展，诸子百家争奇斗艳，使人眼花缭乱，不知如何选择才好。然而孟母有她坚定的主张，她无视老庄的玄虚，不屑杨朱的功利，唯独醉心于孔子的忠恕之道，亲自寻觅，终于在孔门诸子中为孟子找到了启蒙老师。古籍中记载孔子的孙子孔伋曾这样评价年轻的孟子："孟孺子性乐仁义，言称尧舜，世所稀有也。"

　　孟子成年后，已是满腹经纶，满怀经国济世的理想，但为了奉养老母，孟子不敢远离家门，孟母知晓后，对儿子说出了一段千古名言："夫妇人之礼，精五味，幂酒浆，养舅姑，缝衣裳而已，故有闺内之修，而无境外之志。以言妇人，无擅制之义，而有三从之道也，故年少则从乎父母，出嫁则从乎夫，夫死则从乎子，礼也。今子成人也，而我老矣！子行乎子义，吾行乎吾礼。"这段话的大意是：妇女的礼节德行是专重家务的操持，不过是精于做好五种饭食、酒浆，奉养好公婆，缝补衣裳而已。只有忙于院内的事情，而无过问院外之事的志向。一个贤良的主妇，不议人非，管好家务是本分，妇女没有自己做出决定的事情，只有三从之道。年轻时听从父母的安排，出嫁后就顺从丈夫，丈夫去世后就要听从儿子的，这是符合礼仪的。现在你已长大成人，我也老了。你不但是一家之主，还是一个要走仁义之道的大丈夫，我当然听从你的。即使在生活上苦一点，我也没有怨言。你不要为了我而迟疑不决，果断地决定你自己的事情吧！三言两语就把孟子心中的积虑一扫而空，于是孟子再次周游列国，受到了空前的尊敬与欢迎，可惜就在儿子扬眉吐气的时候，孟母却一瞑不视，在归葬故乡——马鞍山时，过去的乡邻争相在路旁祭奠，极尽哀思。

　　孟子能成为"亚圣"，成为中国封建社会正统思想体系中地位仅次于孔子的人，多得力于他的母亲。孟子的母亲是位伟大的女性，她克勤克俭、含辛茹苦、坚守志节，抚育儿子，从慎始、励志、敦品、勉学以至于约礼成金，数十年如一日，毫不放松，既成就了孟子，更为后世的母亲留下一套完整的教子方案，她本人也成为名垂千秋万世的模范母亲，典型的中国良母，至今仍传为懿范。

## 7. 霸王坟

**鲁王项羽的身后之谜**

五泉庄位于曲阜市鲁国故城的东北处，春秋时，这里五泉汇聚，逶迤西去，穿圣林流过孔子墓，南流入沂河。五泉之畔有一座汉墓，俗称"霸王坟"，相传为项羽的头颅埋葬之地。考古发现，该墓葬双重墓室，由大砖砌成，设有回廊，属于以砖代木的"黄肠题凑"墓室结构，这种葬式是西汉早期高规格的墓葬形制。根据汉代礼制，黄肠题凑与玉衣、梓宫、便房、外藏椁同属帝王陵墓的重要组成部分，是帝王身份的标志。由此推断，五泉庄汉墓至少是属于西汉早期的公侯墓葬。秦至西汉，做过鲁公、鲁王的除张偃（吕媭外孙，因被封时年纪尚小，未到封地）外，共有七人，除西汉六王外，项羽曾被楚怀王熊槐封为鲁公。西汉六位鲁王墓早已确定在曲阜城南九龙山。因此，项羽便是五泉庄汉墓唯一可能的墓主了。

项羽像

111

史料的记述也为确认项羽的墓主身份提供了依据。据《史记·项羽本纪》载："项王已死，楚地皆降汉，独鲁不下。汉乃引天下兵欲屠之，为其守礼义，为主死节，乃持项王头视鲁，鲁父兄乃降。始，楚怀王初封项籍为鲁公，及其死，鲁最后下，故以鲁公礼葬项王谷城。汉王为发哀，泣之而去。"原来，项羽当年乌江自刎之后，他的头颅和身躯为刘邦部将王翳、吕马童、吕胜、杨喜、杨武所取邀功，楚地全都投降了刘邦，只有鲁地不降服，他们不相信项王已死。于是，刘邦率领大军想要屠戮鲁城，但兵临城下，"犹闻弦诵之声"。刘邦感动于当地百姓恪守礼义、为君主守忠、不惜一死的崇高气节，汉王便提着项羽的头颅给他们看，鲁地父老才相信了这一悲戚的现实。

鲁人为项羽生而守死节，为项羽死而开城降汉，并为主公亡而大悲泣之，刘邦因此被鲁国人的忠贞精神所感动，下令以鲁公之礼安葬项羽之首，并陪同鲁人哭项羽，然后"泣之而去"。

## 8. 泉林胜景

### 泗河起首　夫子观川

泉林位于泗水县东部的陪尾山麓，这里风景秀丽，古迹众多。泉林泉群、千年银杏、子在川上处、卞桥双月、泉林行宫等名胜景观闻名四海。古籍称泉林为"山东诸泉之冠"。北魏郦道元所著《水经注》中描述泗水泉林为"石穴吐水、五泉俱导，泉穴各径尺余"。

"山色因心远，泉声入耳凉。"站在陪尾山之巅，俯视清澈的泉水，远眺起伏的群山，令人心旷神怡。泉林的一泉一石、一碑一坊，无不铭记着古老的过去；一个个美丽的传说、动听的故事、朴素的哲理，无不给人以启迪，令人憧憬……

传说远古时期，泗河与大海相邻。海里有条青龙，经常出海闹事，使得泗河泛滥成灾，祸害人民。舜王指示大禹治水。可这青龙太厉害，大禹也拿它没办法。一天晚上，轩辕黄帝托梦于大禹，赐他"荷魂柱"，指点他降伏青龙的办法。后来大禹用"荷魂柱"将青龙的头钉在地上，又调动民工运来石头，筑成一座小山压住乱扑腾的龙尾。后来，龙头化作了青龙山，龙尾变成了陪尾山，被龙尾扫到的地方便成了泉林。

还有一个传说，说早先泉林是缺水少雨的地方。泉林的西

泉林（李晖摄）

面是卞国的都城，卞庄王逼迫小女儿苗娘与一大臣的儿子成亲。苗娘死活不同意，趁夜逃到了泉林寺当了尼姑。卞庄王大怒，下令让寺中主持惩罚苗娘，每天挑水两缸。水源距泉林寺有八里地，苗娘咬紧牙关，坚持了下来。卞庄王又下令让她每天挑水四缸，而且把挑水的桶换成了尖底的轲轳桶，使她路上不得休息。一天，苗娘在挑水的路上遇上一位骑马的少年，少年的马饮尽了苗娘轲轳桶中的水，少年为答谢苗娘，便将自己的马鞭送给了她，并说只要每天将马鞭在缸中搅动一下，缸中水就会自满。卞庄王探察到此事后，又命人将马鞭绞碎，撒到陪尾山上。这时，突然电闪雷鸣，云雾弥漫，细雨飘洒，只见苗娘与那骑马少年乘着云雾向南飘然而去。等雨过天晴，陪尾山竟出现了多如繁星的泉眼，遍地都是。人说，这都是苗娘用两肩挑来的遍地泉啊！

泗水泉林以"名泉七十二，大泉数十，小泉多如牛毛"而著称。有名的泉分为三个泉群，即趵突、黑虎、珍珠等。如果从名泉涌水量的大小来分，大型泉有黑虎、趵突、响水、淘米、珍珠、石缝、瑶泉等七处，中小型的则不计其数。众泉汇聚成滔滔泗河，自东向西，流经孔子故乡，汇入淮河。

如诗如画的泉林，引无数先贤圣哲、文人骚客、帝王将相来此观泉览胜。据说，孔夫子在此发出"逝者如斯夫！不舍昼夜"的感叹；北魏地理学家郦道元誉其为"海岱名川"；康熙皇帝盛赞泉林乃"泉源胜地，圣迹所存"；乾隆皇帝更是对泉林情有独钟，先后九次驻跸，留下赞美泉林的诗文达一百九十多篇。

泉林泉群的开发极早，远在北魏北齐时，陪尾山西侧即建有"源泉祠"，唐代予以重修并更名为"泉林寺"。明代在泉林设水部公署，修三坊建六亭。清代因康熙、乾隆二帝巡幸，逐年进行改建，规模不断增大，挖湖筑山，并修建了规模宏大的泉林行宫，该行宫坐北朝南，为古典园林式建筑，宫殿、楼台、亭榭等共114间，最著名的有"行宫八景"。至此，泉林集圣地、名泉、行宫、御苑于一体，为天下所重，盛极一时。

## 9. 太白楼

### 诗仙寄家二十三年的地方

李白是四川人，他性喜浪漫，四海漂泊，曾在济宁寄家二十三年。由于李白长期来往于山东，以至于《旧唐书》等重要史籍都认为李白是"山东人"，就连诗圣杜甫都说："我与山东李白好！" 李白是济宁人的骄傲，他的诗歌更被世世代代家诵户习，妇孺皆歌；今之任城、兖州、曲阜、泗水、金乡、汶上仍流传着许多李白的传说故事。

唐开元二十四年（736），三十六岁的李白移家济宁。传说，他的六叔是任城县令（一说县尉），兄长在中都（今汶上）当县令，族弟李凝在单父（今单县）为主簿，从祖李之芳在济南任太守，近世族祖李辅在鲁郡（兖州）任都督，还有族弟李幼成、李令问等也在山东做事。李白到济宁是为了投亲靠友。李白诗中说："顾余不及仕，学剑来山东。" 当时名震全国的剑术大侠裴旻也住在济宁。

太白楼（李晖摄）

　　初来济宁，他四处访友，写下《五月东鲁行答汶上翁》《酬中都小吏携斗酒双鱼于逆旅见赠》《任城县厅壁记》等一大批流传后世的作品。他在《任城县厅壁记》中记述当时的济宁："故万商往来，四海绵历。……耒耜就役，农无游手之夫，杼轴和鸣，机罕颦蛾之女。……行者让于道路，任者并无轻重，扶老携幼，尊尊亲亲，千载百年，再复鲁道……"

　　古书上说："初白自幼好酒，于兖州习业，平居多饮。又于任城县构酒楼，日与同志荒宴其上，少有醒时。邑人皆以白重名，望其重而加敬焉。"这里所谓的"于任城县构酒楼"，也即今之太白楼。

　　距离太白楼不远，是李白居住的"浣笔泉"，带着诗情画意的濯墨之水由此远溢。泉边还有他手植的桑树和桃树，诗人吟诵道："楼东一株桃，枝叶拂青烟。此树我所种，别来向三年。"春华秋实的果树给李白一家人增添了许多欢趣。

　　其实，这一时期李白的家庭生活并不顺心。李白到济宁的第二年，儿子伯禽出生；再一年，夫人许氏去世。天宝四年(745)，李白娶刘氏女为妻，生子颇黎，颇黎就是玻璃。唐代烧制玻璃的技术还不成熟，玻璃器皿被视作宝器，李白给儿子起名颇黎是视为宝贝的意思。李白与刘氏之间的感情并不好，刘氏瞧不起李白，只因当时盛行官本位。刘氏见李白迟迟做不了官，时常夹枪带棒地嘲讽李白。李白后来接到皇帝诏书，入京担任翰林侍诏时，曾经写了《南陵别儿童入京》："会稽愚妇轻买臣，余亦辞家西入秦。仰天大笑出门去，我辈岂是蓬蒿人。"这里用的"会稽愚妇轻买臣"典故很明显是影射刘氏的。后来两人离异了。

　　李白娶刘氏的这年秋天，诗圣杜甫来到济宁，看望在此寓居的李白，两人醉酒太白楼，同游古南池，杜甫写下了《与任城许主簿游南池》的著名诗篇，生动地描绘了"菱熟蒲荒""晚凉洗马""森木鸣蝉"的济宁水乡图景。

　　太白楼原址坐落在古任城东门里(今小闸口附近)。李白寓居济宁时，常在酒楼"日与同志荒宴"。李白离世近百年，唐懿宗咸通二年(861)，吴兴人沈光过济宁时为该楼篆书"太白酒楼"匾额，作《李翰林酒楼记》一文，从此"太白酒楼"成名并传颂于后世。

　　今之太白楼为两层重檐歇山式建筑，青砖灰瓦，朱栏游廊环绕，二层檐下正中悬扇形"太白楼"匾额。四周院内，松柏掩映，花木扶疏，方砖铺地，花墙环绕，台阶曲折，古朴典雅。

楼内有明人所书"诗酒英豪"大字石匾，下嵌李白、杜甫、贺知章全身阴刻"三公画像石"，游廊和院内有李白《任城县厅壁记》，唐代以来文人墨客的赞词、诗赋及乾隆皇帝御笔《登太白楼》等碑碣六十余块。还有罕见的李白手书"壮观"斗字方碑，虽历经千年风霜，至今仍神采飞扬！

李白爱喝酒，喝酒令他文采飞扬；喝酒也使他仕途充满坎坷。

诗人已去千余年，但济宁人一直把李白视为济宁的荣耀和骄傲。后人把李白当年饮酒作诗的酒楼保留下来，修缮了一遍又一遍，直至今天，成为一代代济宁人心目中的文化地标。

## 10. 六尺巷

### 让他一墙又何妨

"我家两堵墙，前后百米长。德义中间走，礼让站两旁。"歌曲《六尺巷》登陆央视春晚后，掀起了一股对"六尺巷"的关注和探访热潮。生活中，如何处理小是小非，反映出一个人的道德修养。许多事情就是这样：争一争，行不通；让一让，六尺巷。在全国各地，叫"六尺巷"或"仁义胡同"的地名实在太多了，故事情节大致相同，只不过主角换成了本地的历史名人。济宁、汶上就有同样的传说。

济宁六尺巷位于里塘子街（一中石牌坊西），"状元府"附近，今已不存。这里原系玉堂孙氏家族重要人物——清光绪军机大臣孙毓汶（1834—1899）的故居。孙家四代在朝，位居

汶上仁义胡同（高庆亮摄）

国家中枢，权倾朝野，为当时中国北方最大的名门望族。

传说孙毓汶早年在南京当总督，济宁家中由其二弟照应。隔壁邻居也是官宦之家，一直对孙家不服气。有一年，邻居找到孙家，说孙家的西墙是占用他家的，要孙家把院墙拆了让出地基。为此，两家争吵不休，还打起了官司，可官府哪敢过问！

孙毓汶的二弟只好派人往南京捎去一封家信，让孙毓汶给济宁官府打招呼，状告邻家讹人地基。孙状元把信看完，略加沉思，提笔给二弟写了一封信，信中说道："千里捎书为一墙，让他一墙又何妨？万里长城今还在，不见当年秦始皇。"

孙家二弟看了哥哥的来信，恍然大悟。便按照哥哥的意思，主动让出三尺。邻家见孙状元家如此大度，深感惭愧，从此言归于好，亲邻相敬，自家也主动让出三尺，从而与原来的巷口贯通，后人称之为"六尺巷"。

同样的故事也在汶上发生过。那是明朝中后期，朝政大权落在江西籍内阁首辅严嵩父子手中。他们网罗同乡党羽，欺上瞒下，权倾朝野。一日，严嵩与一些江西籍官员在朝堂之上夸夸其谈，说："满朝文武半江西。"时任兵部尚书的路迎（1483—1562）笑而对曰："小县不大四尚书。"严嵩听后面红耳赤，无言以对。当时，中央设六部，各部首长称尚书，相当于国务大臣，属一品大员，直接受皇帝领导。六大尚书中，汶上人就占了四位。无怪乎"满朝文武半江西"被"小县不大四尚书"噎得哑口无言。

路迎处事沉稳，平易近人，即使对下级官吏，也是严慈并施，以慈为本，被称为"善政中第一人"。他曾以兵部佥都御史巡抚宣府镇时，深入实际，与士兵结交，一举查清了用改名换姓、虚报兵员等手段冒领钱粮的大案。

路家世代居住在汶上县城，路迎升任兵部尚书后，族人认为他光宗耀祖，应重新修建路府。动工时，主事人依势向东边胡同扩出了一墙。事也凑巧，胡同东边正在修葺关帝庙，也想向西扩出一墙。这样一来，本来很窄的胡同就成了墙缝，这条从大街（县城主街）通往后街的胡同就无法通行了。附近居民请求双方各让出一墙，好方便通行。

路家人觉得有路尚书撑腰，自然不肯。修庙的主事也不示弱，说："路家的官再大也大不过关二爷呀！"于是路家、修庙的和当地居民三方发生了争执。

路家人连夜驰书，请求路迎向修庙的主事施加压力。路迎看完家书，淡然一笑。当即提笔回信，并嘱咐家人一定要按信行事。家人收到回信如获至宝，急忙拆开，只见上面写道："千里家书为一墙，让上一墙又何妨？万里长城今犹在，不见当年秦始皇。"

路家人看完信，茅塞顿开，主动向西移了一墙。修庙的主事得知路尚书的回信，连声赞佩路尚书的宽宏大量，也赶忙让出一墙。为纪念此事，人们给这个胡同取名为"仁义胡同"，这个拐弯抹角的胡同至今还在。

## 11. 范氏牌坊

### 天下无二坊

兖州范氏牌坊，共两座，相距约一百五十米，分列在兖州老大街上。东边的石坊横梁阴阳面为"万邦为宪""父子同朝"；西边的石坊横梁阴阳面为"忠孝名臣""祖孙进士"，为明末大书法家王铎所题。这两座石坊是为表彰兖州范氏家族的功德而建，从镌刻的铭文可明确判断出这两座牌坊是功德牌坊。两座牌坊采取了圆雕、浮雕、线雕、透雕等绝美技法，刻画了范氏祖孙生前出使交趾、番王进贡、御赐酒宴等故事内容，配以八仙过海及其他神仙、武将，点缀以花鸟鱼虫、祥云山水。技艺精湛、栩栩如生，堪称完美。自古流传"天下无二坊，除了兖州数庵上"的说法，安丘市庵上村石牌坊现仍完好，精美绝伦，令人叹为观止，屈居天下第二，可想见天下第一的兖州石牌坊的精美程度。"天下第一"的兖州范氏牌坊毁于"文革"初期，范氏牌坊的毁坏，对兖州人来说无疑是难以挽回的损失，但范氏家族的功德荣耀已然留存于兖州的史册。

关于范氏牌坊的建造，在兖州民间还流传着一个悲情的传说。据说当时范家为建造"天下第一牌坊"，派人四处寻访名匠，重金聘请了一批身怀绝技的匠人，匠人们采集上好的石料，按照精心绘制的图纸开始乒乒乓乓地干起来。经过千锤万凿，精雕细刻，费尽不知多少时光，一块块石雕完成了，只待选定吉日良辰，将牌坊竖立起来。竖牌坊那天，匠人们却犯了愁，这牌坊足有十几米高，每块石雕上万斤重，怎样把他们一块块地垒起来呢？大家集思广益，说出了几种方案，最后选定用土屯的办法。经过一个多月屯土摞石头，终于成功地将两座石坊竖立起来，然后清除了屯土，用水清洗了牌坊，果然是光彩照人，不愧是"天下第一牌坊"。

牌坊竖好那天，范家和工匠们都非常高兴，范家准备了上好的酒席款待匠人，庆贺牌坊落成。席间，范家主人问："各位真不愧是百里挑一的能工巧匠，不知还能不能造出比这更好的牌坊？"工匠头喝得醉眼惺忪，早就忘了行业的规矩和古训，兴奋得手舞足蹈吹起了牛皮："没问题，只要肯花银子，比这更好的牌坊我们也能造出来。实话告诉你，我们还有许多绝招没用呢！"范家听了这话，暗想：这帮能工巧匠如果放出去，日后果真有出大价钱的，造出比咱家更好的牌坊，那范家牌坊天下第一的名头就保不住了。干脆一不做二不休，把他们了结永绝后患！于是他们命人在工匠们的饭菜里下了砒霜，全部毒死，悄悄埋掉。据说匠人们被害的当天夜里，乌云翻滚，电闪雷鸣，倾盆大雨下了一夜，好像老天也在为这些冤死的匠人悲戚。第二天人们发现，牌坊上雕刻的石人，眼睛都半闭着，从眼里往外淌泪，似在悲鸣，眼珠子也都不见了。有的说是匠人们冤屈哭瞎了眼，也有的说是匠人们预感到这两座牌坊造得太好，自己反而有性命之忧，故意留了一手。

当然，这只是个传说，奉劝人们不要得意忘形，否则会"祸从口出"。范家在兖州是名门望族，在清军攻城时以身殉国一门忠烈，自然干不出毒害工匠这等歹毒下作的事来。

## 12. 邾国故城遗址

### 发现"中国最早茶叶实物"

春秋战国时期，鲁国的南部有个小国——邾国，它的周边除了一些小国外，还有强大的齐、鲁、晋、宋等诸侯国，可谓夹缝中求生存。邾国不停地讨好周边大国，但仍受到大国的欺凌，其中对其发动侵扰最多的就是鲁国。

邾国的都城峄（今邹城市张庄镇大律村一带），距离鲁国的都城曲阜仅有二十多公里。《左传》记载说"鲁击柝闻于邾"，柝是古代城里打更报时用的木梆子，"击柝相闻"就是形容他们两国非常近，两国晚上打更的梆子声音都能互相听到。正是由于两国距离非常近，就造成两国的关系也非常复杂，强大的

邾国故城遗址（赵新宏摄）

鲁国经常欺负邾国，邾国在参加晋国的一次盟会时说："鲁朝夕伐我，几亡矣。"大意是我邾国被鲁国欺负得快要亡国了。为了躲避鲁国的攻伐，救亡图存，邾文公将都城迁到了邾瑕（今济宁东南一带），因邾瑕地势低洼，常闹水灾，公元前614年，邾文公决定迁都峄山，他事先让史官去峄山"卜居"，史官占卜后说，迁到峄山"利于民而不利于君"，邾文公说："苟利于民，孤之利也"。邾文公意思是，只要对老百姓有利的事情，就是我做国君最大的利益了。在两千六百多年前的春秋时代，邾文公"廓然大公，了无私欲"的思想和境界，至今仍值得我们敬佩。

邾国迁都峄山之阳后，地势优越，易于防守；土地肥沃，适于农耕。此后，战乱减轻，水患不再，经济得到发展，直到

124

战国后期，邾国与鲁国一起被楚国所灭。

邾国故城从地面湮灭两千多年后，1964 年春，中国科学院考古研究所和邹县文管所对该遗址做了首次考古调查，并根据出土的陶文认定遗址为邾国都城所在。1972 年，考古工作者在遗址出土了大量文物，其中重要的有秦诏文陶量、春秋"弗敏父"铜鼎及各类铜兵器、礼器、印玺等，尤其东周陶文出土数量达 3000 余件。

2018 至 2019 年，山东大学考古队在遗址区域发掘了两座大墓，一号墓是邾国的国君夫人，二号墓是邾国的国君，两座墓是位置紧邻的合葬墓，主墓室面积达几百平方米，有一条几十米长的墓道，应该说规模是很大的。墓中发现了原始瓷器和印纹硬陶器、龙形玉佩等珍贵文物。

在一号墓中，考古工作者还发现了一个倒扣的原始瓷碗，里面有朽坏的植物叶子，考古人员及时进行取样送检。经检验确认，朽坏的植物叶子竟是古人煮泡后留下的茶叶残留物。这真是一个石破天惊的大发现！

我国是世界上最早种植茶叶的国家，考古发现最早的茶叶实物出土于西汉景帝阳陵。而这次邾国故城发现的茶叶，应是我国乃至世界上发现的最早的茶叶实物，将茶文化起源的实物证据追溯到战国早期，大约是公元前 453 年至公元前 410 年。这比西汉景帝阳陵考古发现提前了 300 多年，对研究茶叶史有着重要价值。这次发现，虽然不能证明山东是最早的产茶地，但是可以确定其为"世界上最早的茶叶"发现地。

## 13. 峄山

*邹鲁秀灵　岱南奇观*

峄山位于邹城市东南十公里处，因"怪石万迭，山无土壤，积石相连，络绎如丝，故名峄焉"，享有"岱南奇观""天下奇石第一山""邹鲁秀灵"之美誉。峄山之秀美，在于其石头奇、洞穴奇、泉水奇、石刻奇和神话传说奇，形成了丰富的文化积淀。

峄山是古代的九大历史名山之一，早在春秋战国时就名噪海内。《诗经·鲁颂》《书经·禹贡》等古籍中均有记载。传说孔子、孟子、子思子等儒家创始人曾在此讲学。《孟子·尽心上》曰："孔子登东山而小鲁，登太山而小天下"，东山即

峄山（赵新宏摄）

指峄山。峄山之上，有"孔子小鲁处"和"孔子登临处"等石刻。道家创始人老子也曾在此修仙炼丹；后来的僧佛，则称峄山为"绎诗之庵"。

秦始皇统一六国后，多次东巡泰山和峄山，并举行祭祀和封禅大典。公元前219年，秦始皇首次东巡，他坐着羊车登上了峄山之巅，并立下了五次东巡的第一块颂功碑——秦峄山碑，世称"秦峄山刻石"。由丞相李斯亲自撰写的碑文，颂扬了"乃今皇帝，一家天下。兵不复起，灾害灭除。黔首康定，利泽长久"的丰功伟绩。李斯用小篆写的这块碑，共222字，在中国书法史上具有崇高的地位，为历代书法家所推崇。

自秦始皇登峄山立石后，历代不少皇帝或亲来峄山祭祀，或对峄山封赐，以感动山神，祈求平安。李白、杜甫等文人墨客也曾来此登山言志；梁山伯祝英台在峄山读书整三载，更给后人留下了动人的传说……

峄山不算高，占地不算大，但它的一石一洞、一草一木皆蕴含着深厚悠久的历史文化，为峄山嶙峋的身躯注入了灵魂，峄山不仅好看，而且耐人品味……

## 14. 水泊梁山

### 《水浒》故事的发生地

一部《水浒传》令水泊梁山声名远扬，传诵数百年。梁山主峰位于今梁山县城东南侧。北宋末年，梁山泊属京东西路，在东平府寿张县、济州郓城县、巨野县、东平府中都县（今汶上）

水泊梁山（李晖摄）

和须城县(今东平)界内，是水浒英雄聚义的地方。宋江等人"只反贪官，不反皇帝"，忠孝节义是水浒英雄们的精神，他们把仗义疏财看作是一种崇高的美德。

昔日山排巨浪，水接遥天的景象，如今化为沃野良田，但梁山依然岿然屹立，那粗犷、纯朴、险峻的气势仍在。状如虎首高昂的"宋江寨"，坐落在梁山的主峰，峰顶开阔平坦，四周危岩壁立，巨石砌垒着两道寨墙和扭头寨门；现有残垣断基尚存，仍给人以"森严壁垒"之感。"忠义堂"在原基址按宋代造型结构复原。堂前高悬"替天行道"的杏黄旗；堂外的"英雄井"，仍可以汲水。虎头峰至骑三山之间的狭窄山梁，风大且急，向有"无风三尺浪，有风刮掉头"之说。这便是著名的"黑风口"，传为李逵扼守要隘。两侧悬崖壁立，峡谷幽深，异常险峻，确有"一夫当关，万夫莫开"之势。山梁北端的巨石上，有一酷似小脚女人的脚窝，传为怒踩而成的"孙二娘脚印"。东侧山下的"十里杏花村"有一盘陀曲径，李逵常沿此道去王林酒店吃酒，并演义出"负荆请罪"的故事。梁山主峰西南的郝山峰上，传为宋江义军的"石军寨"，上有"仗义疏财台""杨志试刀石"等遗迹；东面的雪山峰及采山支脉小平山、小黄山之上，传为"左军寨"，上有"练武场""赛马场""比武场""观武台"和"点将台"等遗址。由此向北，乃是崎岖幽深的"宋江马道"，末端悬崖峭壁上的"断金亭"，是当年林冲火并王伦处。山下有一鸭嘴形谷地，乃天然避风港，是当年起义军停船靠岸的地方——"鸭嘴滩"……

梁山景区是梁山旅游资源的主要集中地，是《水浒传》中描写的场景的最真实写照，虽距宋江起义已八百余年，山峦间英雄好汉的踪迹仍历历在目，佛、儒、道三教名胜遗迹犹在。丰富的水浒遗迹，为梁山发展旅游业提供了得天独厚的条件。水泊梁山的英雄传说故事，也给梁山留下了许多的人文景观资源。

## 15. 敬德勒马看古槐

### 树洞竟是槐王府

古代济宁北有条济水，奔腾东去。济宁周围地势低洼，湖泊成片，河汊众多，只有济宁城地势较高，济宁城的至高点在古槐路，历史上有"水漫全城，此处独安"之说，济宁人巧作奇思，取"渔翁失舟至此叹，山阴樵夫窃作欢"之意，将此地命名为"渔山"。渔山之南有株古槐，因山南为阳，故名"山阳古槐"。

相传唐朝开国名将尉迟敬德手拿铁鞭，骑着乌骓马，路过济宁，见了这棵苍老遒劲、蓊郁青葱，好一派仙风道骨的老槐，不由得勒马观看，从而留下了"敬德勒马看古槐"的佳话。

所谓万物皆有灵性。相传到了明朝，千年老槐树纳天地之灵气，吸日

古槐（朱珠摄）

月之精华，成为槐树精，化为人形，变成了一个风度翩翩的少年公子，经常游玩于市井，泛舟于河湖。

这一年，槐公子乘船南下，到江南游玩。农历三月三，他到苏州逛虎丘庙会，槐公子手持宝扇优哉游哉，东瞧瞧西望望，一个没注意与李家小姐撞了个满怀。小姐丫鬟不依不饶，非要他赔礼道歉。李小姐说："算了，算了。"

槐公子定睛一看，李小姐生得国色天香，美丽动人，有闭月羞花之貌，沉鱼落雁之容，不由得动了真情。李小姐名唤英莲，她打量了槐公子一眼，见公子长得眉清目秀，一表人才，

也心生爱意。这真是有缘千里来相会，无缘对面手难牵。

两人对视了一会儿，不由得都羞红了面颊。英莲十分大方，她邀请槐公子到家中做客。原来，英莲是苏州富豪李员外的独生女。李员外见女儿领来的这位少年风雅大度，谈吐不俗，打心里喜欢。问其家乡居处，槐公子答曰："家住山东济宁州，南门里的槐树巷，姓槐，名树成，父母经商，只生我一人，尚未娶妻，游学至此。"李员外一听，心中更是欢喜，遂将女儿许配其为妻。二人成婚后，非常恩爱，第二年，生下一子。

时间过得很快，一晃三年过去了。一天，槐公子对妻子和岳父说，想回家探望父母，告知娶妻生子之事。李员外觉得这是人之常情，妻子英莲也叮嘱他快去快回。

不久，济宁人发现死了三年的古槐又复活了。

再说槐公子一走，七八年杳无音信。李员外夫妇相继下世，英莲变卖了家产，带着儿子北上济宁寻找丈夫。

母子二人乘船来到济宁州，打听槐树巷在什么地方，路人说："济宁没有槐树巷，只有一条古槐路。"母子二人东寻西问找到了古槐路，沿街打探，寻找丈夫的家，一连多日，也没有找到"槐树成"住在哪里。

一天，她母子二人从南门口沿古槐路往北找，来到古槐树旁，感到十分疲惫，就坐在树下歇息，不知不觉睡着了。忽然被人唤醒，一位朱衣人恭恭敬敬地说道："请夫人和公子回府。"

母子二人便跟着他一路前行，不多远，只见一座朱门府第，大门洞开，丈夫槐树成笑盈盈地出来迎接。到了内厅坐下后，丈夫抱歉地说："从苏州回来后，父母相继过世，公务又忙，没有去接你们母子，很是对不起啊！"

英莲见丈夫身穿官袍，头戴官帽，威风凛凛。府第宏伟，楼房瓦舍，亭台水榭，男女仆人成群结队。原来的一腔怨气早跑到九霄云外去了。从此，一家三口过起了幸福美满的日子。

一天，英莲从管家口中得知，丈夫被朝廷封为槐王，驻守济宁，老百姓不知道底细，所以他们母子俩打听不到住址。

时光如流水，一年一年地过去了。这天，槐公子对英莲说："我们年纪都大了，我也决定辞官。你们娘俩先回苏州去吧，我已在苏州老家为你们母子建了一座庄园，我随后便去找你们。"

第二天，槐公子打点了一包金银珠宝给英莲母子，叫管家送他们出门。

母子二人刚出门，忽然一阵凉风吹来，英莲不禁打了一个寒战，猛然惊醒。定睛一看，天色已晚，母子二人仍然坐在大槐树下，原来是一场梦，但低头一看，怀内确实有一包金银珠宝。

英莲仔细想来，恍然大悟，原来丈夫就是这棵大槐树幻化而成的，所以叫槐树成。再仔细一看，大槐树下有个洞，可能就是槐王府第了……

英莲唤醒儿子，给大槐树磕了三个头，娘儿俩买了香烛、供果，对着大槐树祭奠一番，然后打点行装，乘船返回了苏州。到了老家，英莲重金赎回了原来的房产，给儿子聘请了教师，教他读书识字。

这年，古槐树又死了，人们说这是他又去江南和妻儿团圆了……

今之古槐远远望去，盘根错节，弯腰扭身，枝干已中空，仅存苍老的树皮，有一年沉睡多年的古槐喜发新枝，枝繁叶茂。可惜 1992 年的夏天，一场暴风雨，折断了古槐萌发的新枝。当今所见的槐树是从古槐的根部萌发的第二代子槐，生机勃勃，苍翠成荫，与古槐的老树皮一起，形成了一幅"古槐抱子"的风景图。

## 16. 知府铸剑镇蛟龙

### "天下第一剑"的由来

剑在古代作为一种兵器，被人们赋予了斩妖除魔、镇水驱邪的功能。迄今为止，我国考古发现年代最早的剑是江西省靖安县东周墓葬群出土的东周青铜剑，距今约 2500 年历史，因其年代最早，被考古专家誉为"天下第一剑"。另一把被称

天下第一剑（李晖摄）

为"天下第一剑"的古剑就是著名的越王勾践剑，在海内外享有极高声誉。

在兖州博物馆里有一件镇馆之宝，它也被专家誉为"天下第一剑"。那么，这是一把什么样的剑呢？它为何也被称为"天下第一剑"？它的背后又隐藏着哪些鲜为人知的故事呢？

那是1988年春天的一个上午，正处于枯水期的泗河已经干涸了，泗河沿岸的农民们像往常一样，三五成群的相邀来到河底挖沙，不知道是谁的铁锨突然磕到了一个很硬的东西，大家仔细扒开沙层后发现，这不是一块大石头，而是一块黑黢黢的铁疙瘩。常年在河床挖沙的村民们还从未遇到这种情况，惊奇之下，村民们加快了挖掘的速度。然而，让大家意想不到的是，这块铁疙瘩竟然越挖越长，仿佛没有尽头。继续挖下去，一件庞然大物呈现在眼前！尽管已经锈迹斑斑、腐蚀不堪，但人们仍然能够一眼看出这是一把剑！一把巨大的铁剑！其中一位村民兴奋地骑着自行车跑到当地文物部门告知了这个消息。

文物工作者立刻赶到现场，小心翼翼地用大卡车把巨剑运到了兖州博物馆。巨剑出土的消息轰动了整个兖州城，大街小巷都在议论着这把神奇的大铁剑，一时间，有关大铁剑的种种猜测像一个谜团，笼罩在兖州人的心中。

很快文物工作者破解了这个谜团。铁剑重1500多公斤，长约7.5米。剑柄上铸有铭文和图案。铭文为："康熙丁酉二月知兖州府事山阴金一凤置"。也就是说这把铁剑是清康熙丁酉（1717）二月，由当时的兖州知府金一凤铸造的。剑的吞口处图案为一个怒目横眉的怪兽形状，叫"睚眦"，传说它是龙王九个儿子中的第二个儿子，因为性格凶猛好斗，才做了兵器上的装饰。

说到这儿大家会有这样的疑问，这位兖州知府当年为何要铸造这把大铁剑呢？这还要从流经兖州的泗河说起。

泗河，因发源于泗水而得名。在泗河之上，有一座建于明代万历年间的大桥，当地人俗称南大桥。据《滋阳县志》记载，在公元1712年夏季，泗河洪水暴涨，冲垮了大桥中间的三个桥洞，给两岸的百姓带来了非常大的灾害，民间便有传说，河水中有蛟龙在作怪，于是兖州知府金一凤便想到了这个不是办法的办法，他捐出了自己一年的薪俸，带领两岸百姓铸造了这样一把大剑，这把剑铸好之后，是竖着插入河底的，剑柄露出水面，起到了测量水位和分散水流的作用。然而天不遂人愿，这把三丈长的大剑非但没能降妖伏龙，反而被湍急的洪水冲入了河底，直到1988年，沉睡了将近300年的大铁剑才得以重见天日。经鉴定，这把铁剑为国家一级文物，成为四方游客到兖州博物馆参观的首选藏品。

鲁国故城遗址（李晖摄）

# （二）庙貌千秋

## 1.周公庙

### 鲁国太庙的传说

周公庙位于曲阜市鲁国故城遗址，全称文宪王庙，又称元圣庙，是祭祀周公的庙宇。

周公是西周杰出的政治家、军事家、教育家。他曾先后辅佐周武王灭商、周成王治国。其政绩，《尚书大传》概括为：一年救乱，二年克殷，三年践奄，四年建侯卫，五年营成周，六年制礼作乐，七年致政成王。历代效法之楷模，学者视其为儒学的奠基人，后世帝王尊之为"元圣"。

在《论语·述而》中有一个关于孔子"梦周公"的典故，孔子说："甚矣吾衰也！久矣吾不复梦见周公！"大意是，孔子感慨自己衰老得很厉害呀！已经好久没有再梦见周公了！孔子怎么会这么喜欢周公，连做梦都希望能够遇见他呢？原来，孔子是用"梦周公"来表达自己对西周社会的向往，和对周公这个人的敬仰，当然，也有些许对周代礼仪文化失落的遗憾。

周公庙内，门坊林立，殿堂雄伟，松柏参天，古树庇荫，给人一种宁静肃穆的感觉。千百年来，流传着一则孔子在周公庙镇鬼神的传说。

话说春秋末年，礼崩乐坏，孔子一心要恢复周礼的愿望得不到实现。鲁国的周公庙，鲁君也很多年不去祭祀了。周公庙简直成了一片废墟，孔子常常独自到庙里转转，发一阵感叹。这天，他听守庙的老人说，近来周公庙里常常闹鬼，弄得四邻不安，许多邻近庙宇的人家都因害怕而搬走了。孔子一听，气就不打一处来，心想这周礼不兴，君不问政，你小鬼小判也敢在这庙堂之上兴妖作怪，我孔丘非治治你们不可。

这天晚上，孔子从家里搬来古圣今贤之书，放在香案上，秉烛夜读。半夜，就见一个披头散发、青面獠牙、伸着长舌头的小鬼走到孔子面前，孔子一点也不害怕，依旧翻书诵读。小鬼就想捉弄捉弄孔子，他一会儿拿起孔子的笔晃晃，一会儿又趴在地上摇摇桌子腿，他看孔子还是没反应，就猛地一下子爬到孔子的书上，把狰狞的面孔贴在孔子的脸上。孔子生气了，拿过朱笔往小鬼的眉心一点，那小鬼就消失了。

原来鬼怕红色，被点了眉心的小鬼回到阎王那里，把事一说，阎王十分愤怒，没想到还有敢欺负鬼的人哩！于是，阎王亲自出马，来到周公庙，他先在大殿外鬼嚎了一阵，听屋里没有动静，就趴在窗棂上往里一看——孔子正在专心致志地读书。阎王想，我不能让你这么自在地看书。他把长舌头从窗棂里伸进去，还不停地转动。

孔子还是像没看见一样，阎王恼了，就用长舌头卷起孔子的书。孔子一看，取过笔墨，在长舌头上写了个"山"字。阎王顿觉舌头被压住了，进不得也出不得。孔子笑笑说："我孔丘著书立说，治不了今日乱世，还镇不住你阎王爷？"阎王爷一听，叩头如捣蒜，连连求饶："小鬼有眼不识圣人，我以后再也不敢骚扰读书人了。"

"好。"孔子说道，"你记住，今后凡属庙宇、学堂，不许你们这些鬼类出入！""是，是。"阎王边答应边磕头。孔子拿过笔，在"山"字下边又加了个"山"，成了个"出"字。阎王觉得舌头一轻，连忙缩回去，掉头就跑。

从此，被称为圣贤之书的"四书五经"成了镇鬼之物。学堂和庙宇周围再也没听说过有鬼神出没的事了。

## 2. 阙里至圣庙

*天下孔庙祖庭*

　　"曲阜城四方方，孔庙就在城中央。"孔庙其建筑规模宏大、雄伟壮丽，是我国最大的祭孔要地。它与北京故宫、河北省承德避暑山庄并称三大古建筑群。现在的孔庙是明、清两代完成的。其建筑仿皇宫之制，共分九进院落，贯穿在一条南北中轴线上，其左右基本上作对称式排列。庙内有殿、堂、坛、阁460多间，门坊54所，"御碑亭"13座。大成殿是孔庙的主殿，与故宫太和殿、岱庙天贶殿并称为东方三大殿。郭沫若曾赋诗赞曰："石柱盘龙二十株，大成一殿此尤殊"，"天工开物眼前是，梓匠何曾读圣书"。

　　曲阜孔庙是祭祀孔子的本庙，又称阙里至圣庙。始建于公

孔庙（李晖摄）

元前 478 年，历经两千多年而从未停止祭祀，是中国使用时间最长的庙宇，也是中国现存最为著名的古建筑群之一，是分布在中国、朝鲜、日本、越南、印度尼西亚、新加坡、美国等国家两千多座孔庙的先河和范本，被誉为"天下孔庙祖庭"。

孔庙主祭孔子，并以"先贤先儒"从祀。大成殿是孔庙的主殿，是孔庙的核心建筑，也是我国古代宫殿建筑的精华。大成殿在唐代时被称为文宣王殿。宋徽宗赵佶取《孟子》的语义，尊孔子为"集古圣先贤之大成者"，而下诏改名为"大成殿"。

大成殿中央，是一座雕龙贴金的巨龛，孔子的夹纻漆塑像置于其中。塑像身高九尺六寸，腰大十围，头戴十二旒之冕，身穿十二章之服，手执镇圭。左右有颜子、曾子、子思子、孟子塑像，称为"四配"。两侧另有塑像十二尊，称为"十二哲"，他们都是孔子的著名弟子：闵子骞、冉伯牛、冉雍、宰予、子贡、冉求、子路、子游、子夏、子张、有若和宋代大儒朱熹。

大成殿东西两侧，有两排绿瓦长廊、红柱隔扇的八十间房子叫"两庑"，是后世供奉先贤先儒的地方。这里配享的大都是后世儒家学派的著名人物，如汉代的董仲舒，西蜀的诸葛亮，唐代的韩愈，宋代的范仲淹、欧阳修、司马光、文天祥，清代的王夫之、顾炎武等。历代帝王对从祀的"先贤先儒"陆续增添、改换，到民国时，孔庙配享从祀者已达 172 人。

话说北宋伟大的政治改革家王安石死后，被哲宗皇帝追赠为太傅。宋徽宗崇宁年间，诏封王安石为舒王，配享孔子，并排在孟子之上，遭到后人的反对。"王安石"在孔庙一共度过了 137 个年头，终于被赶了出去。

到了明代，开国皇帝朱元璋十分尊孔。有一天，他读《孟子》一书，当读到"民为贵，社稷次之，君为轻"时，心中大不悦，进而读到孟子竟把暴君比作独夫民贼，如果君主把臣下看成泥土草芥，那臣下就可把君主视为仇敌。

朱元璋越看越气，不由得龙颜大怒，说："好大胆的孟轲，竟敢鼓动人们在皇帝对待他们不好的时候，就把皇帝当作仇敌贼寇，这还得了。"于是下令，将孟子塑像从大成殿里"赶"出去。

从"王安石""孟子"进出孔庙，可窥见封建统治者对儒学的崇尚也是有所选择的。

## 3. 孟庙

### 千秋庙貌存浩气

祭祀孟子的孟庙，又称亚圣庙，始建于北宋景祐四年(1037)。当时，孔子四十五代孙孔道辅任兖州知府，他派人在邹县（今邹城市）东北四基山麓寻到孟子墓，遂在墓旁创建孟庙。因孟庙距城较远，祭祀不便。北宋宣和三年(1121)在邹县城内复建孟庙。

孟庙呈长方形，五进院落。建筑群分东、中、西三路，以亚圣殿为主体建筑，南北为一中轴线，左右作对称式排列，是宋元至明清时期的古建筑代表作。

孟庙棂星门两侧各有一坊，东侧题"继往圣"，西侧写"开来学"。这六字是对孟子一生功绩的高度浓缩与概括。孟子是

亚圣殿（李晖摄）

孔子再传弟子的学生，他一生潜心研究儒学，使儒学得以在战国时期传承发扬，最终形成以孔子、孟子为代表的儒家思想和理论体系，成为中国两千多年封建统治的正统思想。后世称为"孔孟之道"。

亚圣殿是孟庙的主体建筑，是一座金碧辉煌、雕梁画栋、重檐飞翘、歇山转角、朱甍碧瓦的宏伟建筑。大殿正中，在雕龙贴金的神龛内，供奉着衮冕九旒九章的孟子塑像。东侧神龛内，供奉着孟子弟子乐正子的塑像。

对孟子有所了解的人都知道，孟子最得意的门生是万章和公孙丑。可在孟庙里，万章和公孙丑却在东西庑从祀，而乐正子却在亚圣殿里从祀，乐正子和孟子一起，面南而坐，享受着世代香火。

古籍记载，孟子在齐国时，乐正子跟着齐国一位名声狼籍的盖邑长官王子敖混事，这令孟子十分恼火。孟子说乐正子："你跟随王子敖干事，不过是为了吃饱饭而已。"孟子叹口气又说，"我没想到你跟我学习古人的大道，竟然是为了吃饱饭呀！"乐正子被孟子说得面红耳赤，从此再不跟王子敖来往。后来，鲁国要请乐正子去治理国政，孟子听说后，高兴得好几夜睡不着觉。公孙丑问孟子："乐正子很坚强吗？"孟子答："不。"公孙丑又问："他有很高明的策略吗？"孟子说："没有。""他见多识广吗？"孟子摇摇头。"那您为什么事而高兴得睡不着呢？"孟子赞叹道："他喜欢听善言啊！""喜欢听善言就可以治理国政吗？"公孙丑又问。孟子蛮有兴致地解释说："喜欢听善言就足以治理好一个国家啦！如果喜欢听善言，四方的贤士就会从千里之外赶来，进献忠言；如果不喜欢听善言，那就会把贤人拒之千里之外，而奸人呢，就会乘虚而入，向他进谗言，进谗言的人一多，你想这国家还能治好吗？"

也许是乐正子知错就改，喜听善言的缘故，才深得孟子的喜爱。后世便将他请进亚圣殿里陪伴孟子。

孟庙是集古代建筑、雕刻、铸造、绘画于一体的艺术博物馆。它既有创建时的石刻覆莲柱础，也有明代大修时增添的浅线雕刻石柱，又有清康熙年间重建的木架结构，可谓古代建筑之典范。它与曲阜孔庙的"大成殿"遥相呼应，相得益彰。

孟庙还是一座近千年的植物园。庙内共有各种古树名木430多株，松桧、侧柏、银杏、古槐、紫藤等树木，四季常青，如虬如龙，如兽如凤，千奇百怪，姿态各异。尤其古柏抱槐、藤系银杏、桧寓枸杞、洞槐望月，被誉为孟庙"古树四奇"。翱翔栖息于古木间的飞鸟，亦是孟庙一景。在古木森蔚的孟庙内，观古树云鹤，听松涛轰鸣，闻扑面清香，如此绚丽的色彩，为古老的孟庙更添历史的凝重感。

## 4. 颜庙

### 陋巷故址有宗祠

与孔府一街之隔的复圣庙，也是一处气势雄浑的古建筑群。祭祀的是孔子的第一大弟子颜回，后人称之为颜庙。自汉高祖刘邦以来，颜回配享孔子，祀以太牢，魏正始年间将此举定为制度后，历代帝王无不尊奉颜子。

孔子收徒，有教无类，不问贫富，只要认学，他都招进门里。颜回初见孔子时，并没给孔子留下什么深刻印象。后来，孔子渐渐发现，在弟子中读书最用功的就是颜回，而且他很少提问，只是瞪着一双大眼睛贪食般地听孔子讲经授业。

放学了，弟子们都回家吃饭了，颜回总是最后一个走，饭后又第一个来到学堂，然后捧卷诵读。时间一长，孔子觉得奇怪，颜回为什么回家吃饭这么快呢？

有一天，孔子派人偷偷跟随颜回，看个究竟。原来，颜回家住东关的贫民区。平时，颜回的父母在城外种地，不回家吃饭。颜母每天早晨给儿子做一锅菜汤，颜回回到家也不管热凉，挖出菜汤就津津有味地吃起来，有时菜汤喝不饱，他就跑到井边，用水瓢舀几瓢井水喝，然后拍拍鼓胀起来的肚皮，乐滋滋地背上书包，往学堂跑去。

孔子派人观察了几天，天天如此。孔子听了既心酸怜悯，又十分叹服。于是说了收在《论语》中的这段话："贤哉，回也！一箪食，一瓢饮，在陋巷，人不堪其忧，回也不改其乐。贤哉，回也！"箪是当时盛饭的竹器。翻译成现在的话就是说：颜回的品质多么高尚啊！用一个竹碗吃饭，一个瓢喝水，住在简陋的小巷子里，别人都忍受不了这份苦，颜回却照样快乐。颜回的品德真是高尚啊！

后来，人们就把颜回居住的街称为"陋巷街"，把颜回当年吃水的井，叫作"陋巷井"，并在井上修建了"乐亭"，以

复圣庙（李晖摄）

追念颜子这种贫贱而不改志向的宝贵品德和刚毅性格。

颜子的一生是勤奋好学的一生，是尊师重教的一生，是努力实践孔子学说的一生。可以说，孔子是提出以仁政、礼治为核心的儒家学说的创始人，而颜子则是实践这一思想学说的最高典范。所以后世把颜子当成完人典型，仁德君子的象征。故有"尊孔慕颜""学者当学颜子，入圣人为近，有用力处"之说。历代封建统治者对他尊崇、封谥的目的是利用颜子培养固守封建道德规范的安顺良民，人们这样推崇颜子，把他当成善良、仁德的象征，是因为他的这种品质有利于社会秩序的安定。

颜庙与孔府后花园隔街相望，共分为五进院落，占地85亩。殿、堂、亭、库、门坊等有159间。庙内主要有复圣门、归仁门、仰圣门、陋巷井、乐亭、复圣殿以及碑亭等建筑，均始建于元代。庙内有碑碣60余块，其中有两块是元朝所立的"大元敕赐先师兖国复圣公新庙碑"和"大元加封颜子父母制词碑"。两碑均用古蒙古文与汉文对照刻成，上面记述了当时加封颜子及其父母的情形，对于研究古文字学具有一定的价值。

## 5. 曾庙

### 忠孝祠里说忠孝

曾庙，宗圣庙，是历代祭祀孔子著名高足曾参的专庙。曾庙始建于周考王十五年 ( 前 426)，原名"忠孝祠"。坐落于山东省嘉祥县城南 23 公里的南武山南麓，是一处极具代表性的我国古代官式建筑群体。庙内碑碣林立，古柏参天，肃穆庄严，历代不断修葺，至今保存完好。曾子上承孔子道统，下启思孟学派，继往而开来，为儒家思想的传播和光大，为中国儒家文化的最后成型和华夏民族道德性格的形成起到了推波助澜的作用。

曾子全面继承和发展了孔子的思想学说。尤其是他把孔子的根本思想"仁"，植根于血缘亲情"孝"的基础之上，使儒家学说深入人心，增强了儒家学说的群众性。在曾子的家乡流传着许多他孝敬父母的故事。由于曾子行孝的故事与百姓的生活息息相关，所以很容易被群众所接受，也更利于流传。

曾子孝敬父母，达到了超凡的程度。传说有一天，曾子正在地里干活，突然觉得手腕一疼，心想家中定有事，急忙赶回

宗圣庙（李晖摄）

家。原来是母亲不小心被门框撞疼了手腕。自那以后，曾母有事而曾子不在家时，就猛掐自己的手腕，即使远在千里之外的曾子，也会觉得疼痛，急忙赶回家来。

还有一个传说，曾子的继母想吃梨，可她的牙齿全掉光了，根本咬不动梨子。曾子就让妻子公羊氏把梨蒸熟后给继母吃。公羊氏因蒸梨不熟，惹恼了婆婆。曾子不容公羊氏辩解，一纸休书，把妻子休出家门。曾子的朋友们认为曾子的做法太过分了，就问他："妇人须犯七出之条方可休她，蒸梨不熟是件小事，并未犯七出之条啊！你为何非要休妻不可呢？"

"不错，"曾子答道："蒸梨的确是桩小事，不在七出之列。但我让她将梨蒸熟后奉给老母，她竟不听，蒸个半生不熟就给了老母。小事她敢如此，大事谁敢保证她不如此呢？像这样的妇人我怎么还敢留她！"

后来，曾子的儿子曾元劝父亲再续娶一位，曾子十分宽慰地说："孩子你还小，还不懂得事理。当年高宗因有了后妻而杀死前妇之子，尹吉甫因有了后妻而将前妻的儿子赶出家门。我上不如高宗，下不及尹吉甫，一旦有了后妻，谁能保证我不做出非礼的事来呢？"曾子终身没再娶。

曾庙里有眼"涌泉井"，泉水明净清澈，涓涓细流涌出井口，似在向后人讲述曾子的许多孝行故事……

曾子为了养家糊口，曾到离家较近的莒邑做了个小官，虽然禄米仅有几斗，他仍十分欢喜，因为他能用自己的所得供养双亲。他成为大名士后，双亲也老了，他就辞官回家。当时齐国聘他为国相、楚国请他为令尹、晋国邀他任上卿，曾子都坚辞不就。他说："人生所以贵有人子，无非是老来有人奉养，现在我的父母都老了，我又如何敢远离一步，受人家的奴役呢！"曾子的父母死后，他游历到楚国做了大官，住在三层院落的高堂里，出门时还有上百辆车马相随，前呼后拥，十分显赫。但他常常面北而跪，暗自落泪，伤心双亲没能跟着他享受这荣华富贵！据说，曾家大院里原来没有井，是曾子因父亲死后伏地痛哭三天三夜，直哭得天昏地暗，上感天庭，下动地府。一时间，天降暴雨，地陷成井，让人分不清哪是泪水，哪是雨水，哪是泉水……

后世为纪念曾子"事亲至孝"、父亡"泪如涌泉"，在曾庙里修建了"涌泉井"。

曾子的传说故事数量不多，但流传广泛，影响深远。"仁义""德性""孝顺""实诚"这些儒家词汇已成为鲁西南乡村最普遍的伦理俗语。老百姓知耻知荣，死不卖国，穷不卖身，用生命维护自己做人的荣誉和尊严，人们的这种"自我道德立法"，应该说多来自这些传说故事的熏陶。

## 6. 仲子庙

### 圣贤气象壮乾坤

祭祀孔子得意门生仲子路的庙宇——仲子庙，位于微山湖东岸、老运河西岸的仲浅村。门前的石柱木牌坊中题"先贤仲子庙"，右题"气凌今古"，左题"志隘乾坤"。

仲子（前542—前480），姓仲，名由，字子路。春秋末鲁国卞人（今山东泗水县）。师从孔子，跟随孔子参与了许多政治活动，并积极传播儒家思想。孔子曾说："我的主张既然不能在中国实现，那只好坐船漂洋过海去外国了，能随从我去海外的恐怕只有子路啦！"子路是孔门的文武双才，他轻生死重大义，待人诚实守信，有"亚圣之德"。后人尊他为"至贤"，清代皇帝封他为"卫圣"。

西汉末年，子路的后裔为避战乱，由泗水县迁到今微山县鲁桥镇仲浅村。仲子庙最早是唐代任城（今济宁）官员贺知章捐资修建，现存大殿五间、寝殿三间，南北配庑各五间。卫圣殿内供奉着仲子的塑像，两侧廊柱上蓝底金字镌刻着乾隆皇帝联："三德达身修勇故不怠，四科从政事果则无难。"两庑内有康熙帝御书"圣门之哲""克绍家声"石匾。

仲子长期追随孔子，直到六十一岁时才在孔子的推荐下，出任卫国大夫。周敬王四十年(前480)三月，卫国发生动乱，仲子在鏖战中帽子被打掉，他扶正帽子，说："君子死，冠不免。"说罢，被乱军一刀砍倒，众军齐上，将其剁为肉泥，卒年六十三岁。

孔子闻知卫国动乱，料到仲子性命难保。待闻讯仲子被剁成肉泥，痛哭一场，自此再不食肉。直到今天，仲浅村周围的村落还有大年初一不食肉馅水饺的风俗。

后世对子路的评价很高，他的言行在《论语》中出现过38次，诸子百家中出现了150多处。孔子认为子路擅长政事，将他列为十哲之一。

仲子自幼就孝敬父母，自己吃糠咽菜也要到百里之外背米

奉养老母，当母亲离世后常感恩追思。《二十四孝图》中的《仲由负米》，表现和宣扬了他这种人子的孝心。子路后来做了蒲邑宰，他感叹说："现在我们这么多人，一出动就上百辆车马，有很多粮食，可当年我家穷，为了让父母吃到一点米，要步行一百多里路到城里去买，现在我的父母活着该有多好啊！"孔子听后感叹道：子路不仅在父母生前孝顺，而且死后也以思念的方式孝敬父母，这是真正的孝啊！

不仅如此，仲子少年即扶危济困，仗义救人，追随孔子四十余年，披肝沥胆、忠心耿耿。入仕施仁政，体恤民苦、造福百姓，不计个人得失。无论对主人还是对国君，知恩图报、一片丹心，为了捍卫儒家道统、践履忠义，最后慷慨赴死，结缨遇难。从言行上看，仲子就是诚实的化身。他不说违心的话，也不干违心的事，守信之名远播四方，说到做到、一诺千金。

虽然仲子对孔子顶礼膜拜、忠贞不贰，却不像颜回、子贡那样总是顺着孔子。在孔门弟子中，唯有仲子敢于直截了当地批评孔子，在讨论问题时据理力争，对孔子的错误行为进行劝阻。孔子也经常批评仲子，有些话甚至说得很重。但仲子总是虚心倾听老师的批评，努力改正自己的毛病或过错。这是一种难能可贵的品质。宋代大儒朱熹评价说：仲子"闻过则喜""勇于自修、令名无穷，可谓百世之师矣"。

仲子是位个性鲜明的圣贤。他强勇、爽直、仗义、诚信，忠心耿耿、豪气干云，敢作敢当、求真务实，胸怀宽广，充满阳刚之气，不愧为中华好男儿的典范！仲子轻生死重言诺的精神，两千多年来，影响了一代又一代山东好汉。

## 7. 关帝庙

### 关公塑像的传说

明朝嘉靖年间的兵部尚书路迎，家住汶上县城，小时候家中贫穷，他在一家饭馆里当跑堂伙计，给顾客和街上的客户端菜送饭。他每次送饭菜路过关帝庙时，都要停下来，把菜盘往上一举，双膝微曲，表示饭菜先敬关公。

路迎二十六岁考取进士，在朝中担任文官，因得罪了奸臣严嵩，严嵩处处刁难他。

有一年，南疆发生动乱，皇帝召集众臣，举荐领兵元帅出征伐敌。严嵩为陷害路迎，密报皇帝说，路迎白日习文，夜间习武，文武双全，可命他领兵平乱，皇帝信以为真，传下圣旨，要路迎领兵抗敌。路迎自知不会领兵打仗，但又不敢违抗圣旨，只得带兵到边关迎敌。

一天夜里，路迎做了一梦，见一红脸大汉来到他的帐中说："我乃汉寿亭侯关云长是也。念你一片赤诚之心，多年来敬奉于我，明日两军对垒时，我当助你一臂之力。赐你图画一卷，危急之时将画卷展开，当空举起即可见效，平时不得打开。"说完便不见了。路迎醒来，原是南柯一梦，可是画卷果然在手，他甚为惊奇，便将画卷藏好，只等阵前验证是否灵验。

次日，敌军从四面杀将过来，路迎抵挡不住，危急之时，想起梦中关公言语，忙将画卷展开，原来是关公画像，他急将画像举起，只见关公从画中一跃而出，挥舞大刀，冲入敌阵，敌军不是对手，纷纷落荒而逃，就此平定了边关，路迎班师回朝。皇帝见路迎旗开得胜，龙颜大喜，对路迎加官晋爵，并重赏了三军将士。

关公神灵助战，令路迎感激涕零，更加敬仰关公。他后来每到一处，都不惜重金修建关帝庙，据说从南京到北京，路迎共修了九十九座关帝庙。

汶上县城内的关帝庙是元朝时兴建的建筑群。路迎回乡省亲，决定对这座庙进行翻修，重塑关公金身。在塑关公神像时，路迎对雕塑工匠说："你要拿出真本事，用上真功夫，不但要把关帝神像塑得好，还要塑得像。"工匠说："回禀大人，关公神灵人人敬仰，塑他老人家的神像，小人不敢惜力。但要塑得像，小人就不敢保证了。"路迎问："这是为何？"工匠说："因小人没见过关公真正面目，只是传说耳闻，因此，不敢说像与不像。"

路迎此时一心想把像塑好，他想，上次两军对垒时关公既然能够现身，现在何不再试一试，请他老人家一现呢？想到这里，他对工匠说："今夜你随我到静室内藏在暗处，我把关帝请来，你仔细看看，不过看时要闭上一只眼。"工匠听了路迎的话，已明白了他的意思，因自己是肉体凡胎，偷观神灵会瞎眼睛，闭上一只眼就是要保住一只眼睛。他想，为了塑好关公神像，自己又能见到神仙，就是瞎一只眼也值得。

这天夜里，路迎将梦中关公所赠画卷展开挂起，焚香叩头请关公现身。少倾，只见室内一片红光。关公从画上徐徐下来，站于案上。工匠急忙用手遮住右眼，用左眼观看，但见关公面红如枣，鼻直口阔，丹凤眼，卧蚕眉，五绺长须垂胸，手持青龙偃月刀，不怒自威。工匠在暗处不禁肃然起敬，霎时，神体不见了，路迎将画卷收起，把工匠叫了出来，问他："看清了没有？"工匠说："看清了，关帝果然是神仙之貌，小人定尽全力把他老人家神像塑好！"后来工匠凭记忆果然把关公像塑得很像，可他的一只眼睛却瞎掉了。直到现在，汶上还流传着两句歌谣："公关塑像九十九，唯有汶上像七分。"

## 8. 太子灵踪塔

### 宝相寺里藏圣物

太子灵踪塔是宋代宝相寺的唯一遗存，也是汶上建城千余年来保存最完好的地面建筑。太子灵踪塔通身砖砌，高41.5米，呈等边八角形，共十三层，每层皆为磨砖莲花型斗拱。塔刹呈宝葫芦形，用红土外覆金黄色琉璃一次烧制而成，在阳光的照射下，塔尖金光闪闪，夺目耀眼，当地群众因此称其为"黄金塔"。

1994年，文物工作者在塔宫内发现了大量的佛教圣物，尤其是佛牙舍利的出土，令佛教界叹为观止，轰动世界。这批

汶上宝相寺（赵新宏摄）

佛教圣物是如何瘗藏到太子灵踪塔塔宫的呢？

当地文物工作者翻阅大量文献史料，经过缜密考证，一个有据可查、传奇的故事，揭开了太子灵踪塔瘗藏圣物的秘密。

唐开元年间，唐玄宗派中使张韬光率团出使罽宾国（约今卡菲里斯坦地区至喀布尔河中下游之间）。张韬光的部下左卫别将车奉朝随团来到迦湿弥罗城时，车奉朝因染"马瘟"，无法随团活动，便留在一座菩提寺里养病。病愈后，车奉朝拜舍利越摩三藏法师为师，削发为僧，法号悟空。

春去秋来，悟空一待就是四十年。悟空年近六十时，赶上外教入侵、异教突起，佛教受到冲击，寺院被捣毁，僧侣遭驱赶，佛教徒们人心惶惶。此时，年逾古稀的舍利越摩三藏法师将寺院珍藏数年的经卷和佛祖真身佛牙舍利，赠送给悟空，让他把这些佛教圣物带回大唐，起塔供养。

贞元五年（789），悟空回到长安，向唐德宗李适献上佛教圣物。唐德宗下诏封悟空为壮武将军、太常卿，安置在章敬寺，并在寺内起塔供养圣物。

圣物在章敬寺秘藏了171年后，960年，宋朝建立，赵匡胤尊奉佛教，并鼓励佛教在中国的传播。章敬寺的主持永安和尚将圣物奉献至东京。赵匡胤亲发愿文、偈赞，下令在京师南八十里咸平县（今通许县）建启圣禅寺，供奉圣物，加封永安和尚为紫衣僧守护。

熙宁三年（1070），沈括作为管理全国财政的最高长官——三司使到咸平县视察，知县刘子先陪他路过一处寺院时，刘子先对沈括说："这座寺庙里有一佛牙，十分奇异。"他们请僧人取出观看。只见佛牙大两指许，淡黄色。沈括等人起身细观，佛牙竟忽生舍利，如人身之汗，飒然涌出，不计其数，有的飞上天空，有的坠落入地。沈括等人试图用手接之，以细察，但落入手中的静默无声，不及细察，已从手指间透过……沈括于是用"光明莹彻，灿然满目"来形容眼前的奇景，并把这次见闻记入他的《梦溪笔谈》，属于"神奇"门类。

沈括回京后，将咸平佛牙的事，告诉了宰相王安石。王安石有意拜瞻，便有人将咸平佛牙进献到宰相府，即东府。太子灵踪塔出土的佛牙根部有墨书小楷"东府"二字，即由此而来。宋神宗赵顼的弟弟、嘉王赵頵听说此事后，要到东府去瞻拜，王安石不敢怠慢，急忙派人送往嘉王宫。

汶上县宝相寺太子灵踪塔地宫瘗藏佛牙舍利的石匣的铭文写道："郓州中都县郭内赵世昌，先于熙宁六年二月二十三日，躬诣京师于嘉王宫亲事官孙政处，求得佛牙一肢，舍利数百颗……"

"中都县郭内赵世昌"是何方神圣，竟能从嘉王宫，求来佛牙？原来，赵世昌是宋神宗赵顼的堂兄弟。按照北宋的制度，皇族是要被分封到全国各地为侯的，并且是世袭制。赵世昌即是继承了洋州侯的爵位，其封地在中都县（即今之汶上县）。赵世昌进京省亲时，向堂弟、嘉王赵頵求取佛牙舍利。这一天是熙宁六年（1073）二月二十三日。

佛牙舍利被迎到汶上后，赵世昌和宝相寺僧人按照《涅槃经》上的记载，严遵佛言法则，经过三十八年的营造，起塔十三层，以示佛祖之灵骨的踪迹就在此塔。

塔，为佛祖遗体的象征，四周建起供信徒们礼拜祈祷的寺庙，因此，塔就成为佛教寺院中最重要的宗教建筑。这些塔与中国传统的建筑——亭、台、楼、阁相结合，创造出新的风格，成为我国特有的高层建筑。从此，太子灵踪塔上，祥云缭绕，佛光显现，灿然夺目；宝相寺里，善男信女，流星般奔来，虔诚地围瞻绕念……

## 9.兴隆塔

### 神奇的镇妖故事

兴隆塔位于兖州城东北隅，是一座虽历经千年风雨，仍巍巍矗立的高大雄伟的宝塔。说起兴隆塔的来历，民间有个宝塔镇妖的传说。

隋朝初年，瑕丘（兖州旧称）大地时常发生地震，造成房屋倒塌，百姓伤亡无数。仁寿元年（601）早春时节，著名僧人释法性肩扛禅杖手提念珠，由峨眉山游至瑕丘县龙王庙，见众多百姓虔诚地向龙王爷叩拜烧香。释法性好奇地问龙王庙香火为何这样兴旺时，老方丈一脸忧色地回道："高僧有所不知，说起来也真令贫僧惭愧哪！瑕丘城，有一乱葬岗，岗上有一棵歪脖子棠梨树，树下有一个深不见底的黑水潭，潭内有一条鳌鱼精，那鳌鱼精一眨眼，瑕丘大地就会发生地震，要是那鳌鱼精一翻身，就会天塌地陷！老衲修行不深，实难捉拿那鳌鱼精，前年专请滋阳山和峄山上的法师，不但斗不过那鳌鱼精，反而惹怒那精灵，它时常眨动眼睛，造成瑕丘地动（震）不断。使得瑕丘百姓极度恐慌，纷纷来龙王庙烧香祈祷平安。"释法性听后，生气地将手中的禅杖往地上一蹾，手捻念珠打躬道："老禅师，休要羞愧，那就待贫僧一试吧！"

时值早春二月，泗河融化的冰块发出咔嚓咔嚓的撞击声，乍暖还寒的朔风，直吹得河套里芦花满天飞扬。释法

兖州兴隆塔（李晖摄）

性迎着老北风登上泗河大堤，向瑕丘城西南方向细细观望。果见乱葬岗上妖气极浓，有一股黑烟拔地而起，翻滚升腾。释法性大步流星，直奔而去。当他接近乱葬岗前的歪脖子棠梨树时，那股正升腾的黑烟，就凶狠地拧成碗口般粗的绳状柱子，弥散着向下压来。瞬间，阴冷的飙风骤起，直刮得飞沙走石、星月无光。此刻，就见释法性高僧双手一翻，结成金刚法印，周身上下隐隐放出金光，口中一字字念曰："唵、嘛、呢、叭、咪、吽。"随之，他身上的袈裟就被金光托起，飘至半空铺开来，变成一朵红云大小，将那黑气渐压下来。忽地，那黑气猛然扩展变粗，把周围的树木、泥土纷纷抽吸进去，一时凶焰大盛。释法性吃了一惊，知道那妖物正在汲取周围坟地的魂魄，急忙

摘下颈上佛珠，抛了出去。接着，双掌合十，低眉念道："南无阿弥陀佛！"只见那抛出的佛珠发出淡淡光芒，一颗颗变作鞠球大小，纷纷悬挂到袈裟的四角。释法性喝道："住！"一时佛光大作，梵声四起，妖物经这两件佛门法宝一镇，顿时支撑不住，旋即烟消风散。释法性知那鳌鱼精已潜入深潭，就虎步雄风走至深水潭近沿，定睛观望，掐指一算，方知那鳌鱼精是五百年前从东海龙宫顺着地下暗河游过来的一个小鳌鱼。释法性担心那精灵再害百姓，口念咒语，并画一镇妖佛帖，贴在那歪脖子棠梨树上，方才离去。

次日，释法性专程拜访瑕丘县令，将深水潭鳌鱼精如何兴风作浪殃及众生，需修造宝塔镇妖的设想，向县令进言，县令很是应同。当天晌午，县衙就四处张贴修造宝塔的告示，接着，又招募砖、石、木等工匠，民间筹集造塔银两。

一切筹备就绪，释法性选定六月初六为兴造宝塔奠基。这天，释法性身披袈裟亲领三百名高僧，齐敲木鱼，合诵经文。瑕丘县令挥动飞虎令旗，发声："动土"！六十六名青壮年围着深水潭抢镢挥锹，四十二块泰山大青条石，排列镇压在那深水潭上。砖石工匠将条石作为塔基的地槽，开始往上垒砌成地宫。待地宫造好后，释法性除用锚链锁锁上了地宫之门，又极为谨慎地贴上镇妖的佛法封条。当浮屠修造到第七层时，工匠问释法性："想问禅师，这镇妖的宝塔现已造到一十三丈之高，也该封顶了吧？"释法性沉思片刻说："阿弥陀佛，众工匠已劳顿了年余，造塔的物料也用了许多，按说是该封顶，可这鳌鱼精已修炼了五百年，妖术不浅，倘若镇压不住，那可是后患无穷啊！为使芸芸众生免遭秧祸，要再造六层小塔，压镇在这七层塔身之上，方能普度众生！"

于是兴隆塔形成了颇为奇特的楼阁式砖塔，宝塔呈平面八角形，高十三层计五十四米，层层叠射出短檐。塔内设有踏步，可沿梯级巡回攀登至七层平台，扶栏远眺苍茫大地。隋仁寿二年（602）九月初九，镇妖宝塔落成之时，释法性又用白金打制了一个五尺单七寸的宝葫芦，置于宝塔十三级之顶，并在宝葫芦上镌刻了六字真言的镇妖咒语，同时又在金葫芦上设置了金风嘴，天风一起，那金风嘴便会发出像僧人念诵经文般的悦耳之声，能传扬十数里之远。释法性还在塔顶安置了夜明珠、避火珠、避水珠、避尘珠等一百零八颗宝珠，塔顶昼夜金光灿灿。

开皇十四年，隋文帝大赦天下，四海封禅。当文帝巡祭山川来到瑕丘，见释法性兴造塔寺有功，便招致京师长安胜光寺为住持。仁寿二年（602）冬，文帝敕召释法性送舍利于兖州普乐寺。或许是释法性高僧修造的宝塔，真的镇住了那深水潭内的鳌鱼精，从那之后，兖州地界年年风调雨顺、五谷丰登，百姓安居乐业，事事称心如意。

## 10. 法兴寺

### 雍正皇帝拨银修名刹

梁山最大的寺院是法兴寺，也叫下莲台寺。法兴寺初建于唐朝，重修于清朝，关于是什么人修的，有这样一个传说。

那时候，梁山脚下有个郭庙村，村上有个郭员外。他心地慈善，专好烧香拜佛，人们都称他郭善人。不知是大唐家哪位皇帝，来梁山游山玩水。当时，水泊梁山号称"小洞庭"，皇帝喜爱这里，就想在杏花村建一寺院。回京后就传旨到东平州，东平州拨下银钱，叫郭善人负责修寺院。寺院刚修到一半，银钱花光了，郭善人卖尽家产，求亲告友，才算修好了寺院。这寺院就叫法兴寺。郭善人没吃没穿，就拖起了要饭棍，四方漂泊。

几年过后，法兴寺的香火旺盛，远近闻名。人们也纷纷称赞郭善人的善举，他听了很高兴，就想回梁山看看。

郭善人来到梁山时，正是三九风雪天。天黑了，没地方安身，他又冷又饿。他想：我修的法兴寺，去寺院，准能受到热情款待。他来到法兴寺，把自己要借宿的话告诉守门的小和尚。小和尚一听是施主到了，慌忙报给老和尚。谁知老和尚不但不迎接，反而叫小和尚紧闭寺门，不让他进来。老和尚不让开门，小和尚也没办法。郭善人又气又恼，一头栽到地上，再也没能起来。

天明了，小和尚们开门扫雪，见郭善人已冻死在门外，都掉了泪，一起问老和尚咋办，老和尚说："先用绳子拴住两条腿拉进来再说。"小和尚不敢违抗，只好照办。老和尚说："把他的衣服脱光，抓住两条腿推磨。"小和尚都暗骂老和尚心毒，谁也不干。老和尚大发脾气："谁不动手，就打死谁。"小和尚问："师父，磨多大会儿？"老和尚说："啥时把脊梁上的肉磨烂就算完。"说完扭头回了大殿。小和尚们都可怜郭善人，磨了两圈就住了手，一齐告诉老和尚，说肉皮磨烂了，让师父去看看。老和尚头也不抬说："我不看。"就吩咐小和尚置上等棺木，请吹鼓手，法兴寺和尚大做道场，厚礼安葬郭善人。小和尚不理解老和尚的做法，就问："师父，你对他这样狠，为什么又送他？"老和尚回答："不是我心狠，是你们心狠。"小和尚反问："师父，可是是你让我们这样做的。"老和尚生气了，"是你们害了他。我让你们磨烂他的皮肉，你们偷懒，磨了两遭就完了。他死后该转世一朝为人王帝主。这样一来，还不知转世多少代，才成人王帝主。"小和尚说："师父你咋不早说？"老和尚答："我要早说是毁了他的阴德。磨烂皮肉是磨去他的凡皮，结果你们害了他，还得让他受不知多少轮回之苦。"

十里杏林红了又绿，绿了又红，多年后，郭善人转世了，出家到法兴寺当和尚。他精通佛经，待人和善，后来成了法兴寺主持，小和尚们都很尊敬他。这天，主持和尚正念着佛经，突然发昏，人事不省。小和尚围住他，一齐哭喊，他才醒过来，对身边的和尚们说："我恐怕没多大活头了。我有一言，我死后，咱法兴寺不管传到哪辈，一律让大徒弟为主持和尚。"大徒弟哭着对师父说："你这一去，何时何日能见面？"主持和尚说："不管哪朝哪代，我早晚还得回来。当我来时，咱寺院的钟鼓不敲自响，那时你们迎接师父就行。"有徒弟又问："要是人家不承认是师父呢？"主持和尚说："把我的中指咬掉，用盐腌了，红绸子包好，放在大殿二梁上。遇着左手断中指的人你们尽管认师父。"说完，就咽气了。大徒弟就按师父的话做了。

宋、元、明到大清，一代传一代，一直没见老和尚转世回来。直到大清雍正夺了天下，他从北京来梁山法兴寺降香，刚一进寺门，钟鼓齐响，和尚们跪倒一大片，不呼万岁，都喊师父。雍正皇帝又羞又恼，要处罚这些不懂规矩的和尚。主持和尚忙向他解释缘故。雍正皇帝说："胡说八道！我身为一朝人王帝主，上辖百官，下管万民，万里山河尽我王土，钟鼓自然会响。"主持和尚见雍正不信，就到大殿二梁上取下一个布满灰尘的绸布包，问："师父，你左手可少一节中指？"雍正很惊奇，自己下生就少一节手指头，除了生母，谁也不知道。主持和尚就把老师父咬掉中指代代传下来的事告诉了雍正，说："请师父对对看。"说也真巧，断指对上，一点也不差。和尚们又跪拜师父。

雍正皇帝百思不解，也无可奈何，回京后，拨下银两，重修法兴寺。

## 11. 分水龙王庙

### 七分朝天子，三分下江南

南旺，是京杭大运河上的重镇。旧时，凡是标有大运河的地图或文字资料，可以没有济宁州和东昌府，但不会没有南旺。因南旺是大运河全程的"水脊"，南旺分水枢纽工程可与都江堰媲美；始建于明代的分水龙王庙建筑群，则是运河文化的重要集中地。

分水龙王庙前的石拨岸，是调节南北水量的关键，也是科技含量最高的所在。石拨是在小汶河流入大运河的对岸砌的石堤，是个鱼嘴形的分水尖。具体说就是在河底用石头筑一个活动的鱼脊背似的拨，用改变石拨的摆放位置、形状和角度的方式对南北水量进行分流，三分南下，七分北上，即所谓"七分朝天子，三分下江南"。也可以四六开、五五开，甚至可以根据需要来一个倒三七开。顺治十二年（1655），荷兰人约翰·纽霍夫随使团来中国，他在《荷使初访中国记》中记述："经过南旺，汶河在此与运河相接，鞑靼人告诉我们，若在这里投九根木棍到河里，有六根会流向北面，三根流向南面。我就好奇地在龙王庙的对面试了一下，结果真是如此。"

分水龙王庙建筑群，位于小汶河与大运河交汇处。众庙集聚，仅庙宇楼亭就达十五座之多。包括龙王大殿、戏楼、水明楼、禹王殿、宋公祠、白公祠、潘公祠、靳公祠、莫公祠、文公祠、观音阁、关帝庙、蚂蚱神庙以及和尚禅室等十余个院落，

分水龙王庙（李晖摄）

每个院落都有小门相通。建筑群布局协调，院落错综，松柏参天，绿荫蔽日，碑碣林立，庙宇巍峨，颇为别致，使人既感宏伟壮观，又觉古朴典雅。

宋公祠是纪念工部尚书宋礼的祠堂。永乐九年（1411），明成祖命宋礼疏浚会通河，恢复运河漕运。宋礼率领十六万民工，对全长400多里的会通河进行疏浚治理。南旺是运河水脊之地，南高于济宁38米，北高于临清30米，历来为运河航运险阻之地。宋礼大胆采用汶上农民水利专家白英的建议，科学地解决了运河水源不足的问题。开挖小汶河，在东平戴村附近的大汶河上筑起了横亘五里的戴村坝。使汶水南流到南旺分水口处入运，南北分流，以接济漕运。为便于控制水势，保证四季畅通，还在南旺一带设计和修造了三十多座节制闸、五个水柜等配套工程，从而比较科学地解决了大运河航运史上的难题，使明清两代近六百年间，航运畅通无阻。

宋公祠的偏殿是白公祠，还有一座白大王庙，祭祀的是农民水利专家白英。这位私塾教师出身的平民布衣，因治河有功，被明朝皇帝封为功漕神，被清朝皇帝加封为永济神。乾隆皇帝沿运河南巡，六次在南旺停舟礼祭白英，并题诗刻石。

分水龙王庙里的数十座庙、祠，祭祀的都是治水名人或神祇。但有一座"孝妇祠"纪念的却是一位无名无姓的妇女。传说，开挖南旺这段运河时，民夫总是挖不出河底来。白天挖好了，夜里又平了。"民夫数月空自苦，未去河中一寸土。"宋礼见了很是着急上火。

这天，宋礼到龙王庙里拜龙王，想请龙王帮忙。半夜，龙王推醒宋礼，神情沮丧地说："南旺这段河下，住着一只老龟，有万年的道行，性情执拗，谁的话都不听，我也拿它没办法。"

宋礼很失望，第二天一早，他从龙王庙里出来，沿着运河大堤巡视，突然发现一个妇女哭哭啼啼地在挖河。宋大人心情更糟了，正要发火，监工跑过来说："这妇女是开河镇的，一早来给丈夫送衣服，见丈夫病了，便顶替丈夫来挖河了。"宋礼一听，也不好再说什么了，独自离开了工地。

说来也怪，这妇女白天挖过的一段河底，夜里没有淤死。第二天再挖还是这样。监工就让这妇女一段段地挖，她挖哪段哪段就不淤。慢慢地河底就清了出来。

这天，宋礼又到龙王庙里祭拜还愿。夜里，龙王来到宋礼跟前，说："老龟走了，但不是我劝走的，是它自愿走的。老龟临走时说：'孝妇人人敬，她来动土，我甘愿退位。'"

第二天，宋礼派人打听那妇女的下落。一打听，那妇女在家孝敬公婆，在外热心助人，果然是位孝妇。特别是她替夫出工，感动了老龟，使运河河底及时清理出来，功劳不小。宋礼决定在分水龙王庙里建一座孝妇祠，以纪念这位妇女。

非攻下第

三

济宁因地处孔孟之乡，其民风民俗受儒家文化影响较大，在众多的民俗中，除有稍微差别外，基本没有独树一帜、别开生面的民俗文化现象。也许受孔、孟这些大家族的影响，济宁片区的百姓比较讲究吃穿用度、尊礼守规。大运河的贯通，使济宁成为重要的商贸中心，受融南汇北的商业文明的冲击，济宁人的思想悄然发生变化，民俗文化趋于多元，但儒家文化仍为主流。

　　厚重的历史文化，既通过济宁众多的文物古迹得以展示，也通过济宁丰富的非物质文化遗产得以延续。圣地遗风不仅有祭孔大典这样的庙堂雅乐，也有端鼓腔这样的流风余韵，众多的民间文化光彩迷人，仍发挥其启发、教育、警示后人的作用。

# （一）圣地古风

## 1. 祭孔大典

### 箫韶逸韵

　　孔子辞世的第二年，鲁哀公将孔子故居改建为庙，收藏孔子生前用过的衣冠、琴、车和书简等。相传鲁国每年按时到孔子墓地供奉祭祀，儒生们也在孔子墓地讲习礼仪，举行乡饮、

祭孔大典（张建中摄）

大射等仪式。除去焚书坑儒的秦朝，孔子在整个封建社会都备受推崇。尤其是到了汉朝，汉武帝"罢黜百家，独尊儒术"，以"五经"立于学官，儒家思想成为钦定的正统思想，作为儒家文化创始人的孔子的地位远远超过诸子，甚至被尊为"素王"。

历代封建统治者在对孔子追谥、对孔子后裔加封的同时，还经常派官员到曲阜来祭祀，有时皇帝也亲自来曲阜祭拜。孔子庙通常被称为文庙，又被称为孔庙或夫子庙。封建帝王规定，县及县以上行政单位均应建有孔庙，所以旧时全国各州府县都有孔庙建筑群，其作用是为了祭拜孔子，提倡道德和弘扬文风学风。

帝王到曲阜祭祀孔子始于汉高祖刘邦。刘邦过曲阜时，曾以太牢（猪、牛、羊三牲各一）祭祀孔子。此后，历代封建统治者竞相效仿，唐高宗李治、唐玄宗李隆基过曲阜时皆亲祭孔子。清康熙皇帝在孔庙祭祀孔子时行三跪九叩大礼，到孔林祭拜孔子墓也行一跪九叩之礼。乾隆皇帝八次过曲阜，都在孔庙、孔林祭拜孔子，三跪九叩，或两跪九叩，或一跪三叩，格外虔诚。

帝王派官致祭始于东汉光武帝，之后代代沿袭，总计有一百九十六次之多。他们的祭文也毫不掩饰："尚资神化，祚我皇元"，"阐我皇风，四海永清"，其目的就是为了维护和巩固他们的封建统治。

"祭孔"是孔府每年都要举行的一次大型活动，十分隆重、讲究。祭孔又分为国祭和家祭。国祭在早晨举行，由皇帝派钦差大臣主祭；家祭在半夜子时举行，由衍圣公任主祭。按照孔府族规，无论是国祭还是家祭，即使是一般性的祭祖场合，妇女也绝对不能参加。据说，如果有妇女在场，孔庙的乐器就敲不响。

但历史上，的确有妇女参加祭孔的例子。元武宗至大元年（1308），元世祖忽必烈的曾孙女祥哥剌吉被封为鲁国大长公主。同时，济宁路一带也被封为她的汤浴邑（三十个县的俸禄）。大长公主在孔庙大成殿祭孔，并担任了主祭，这一次女子主祭却没听说有乐器敲不响，这大概还是尊卑有别的原因吧。公主祭孔的事，后来还刻了《皇姊大长公主降香碑》和《懿旨释典祝文碑》两块石碑，成为孔庙仅存的女性祭孔碑，大长公主祥哥剌吉也是古代唯一祭孔的女性。

曲阜市的"祭孔大典"在孔庙大成殿前举行，再现了古代祭孔乐舞庄重而宏大的场面。大典使用的乐器是被称为"古乐八音"的匏、土、革、木、石、金、丝、竹等。是集乐、歌、舞、礼为一体的庙堂祭祀乐舞，有"闻乐知德，观舞澄心，识礼明仁，礼正乐垂，中和位育"之说，自古以来具有巨大的文化和艺术价值。

## 2. 子贡植楷庐墓

### 成为雕刻业的祖师爷

三百六十行，行行都有为后世所尊崇的祖师爷。雕刻业的祖师爷是谁呢？子贡也！

传说孔子临终时，弟子们都来了，唯独缺了子贡，孔子念叨着子贡的名字，闭上了双眼。

孔子墓（李晖摄）

在外地经商的子贡闻讯赶回曲阜时，孔子的灵柩已经入土了。子贡的哭丧棒是他从南方带来的楷木枝，按风俗，哭丧棒该扔进墓坑里，但子贡到时，孔子墓已经封土了。子贡便挂着楷木哭丧棒跪在孔子墓前痛哭不止。由于过于悲伤，泪水浸湿了地皮，哭丧棒也插进了地里。不想这楷木哭丧棒竟落地生根，几年后，长成了一株枝繁叶茂的大树。每年春天，楷树花开似锦，如褐色的桑椹又似谷穗，挂满枝头。花落后不结果而生叶，比槐叶长，比柳叶宽且短。后人在树旁立了"子贡手植楷"的石碑以志纪念。

却说弟子们为孔子守墓三年后，各奔东西，唯有子贡留下来，在孔子墓旁筑了间茅屋，一守又是三年。后人为了表彰这种师生情深、尊师重道的美德，又在孔子墓西侧，树立了"子贡庐墓处"石碑。在孔子墓园里，有关孔子弟子的记录，只有"子贡手植楷"和"子贡庐墓处"这两处石碑，且都是关于子贡的。奇怪的是每年农历八月二十七日前后，也就是传统上大祭孔子的时间，无论是白天还是黑夜，在"子贡手植楷"石碑的表面，总是湿漉漉地挂满一串串水珠，酷似一个极度伤心的人正在流泪。令人费解的是，假如把碑上的水珠擦去，不一会儿，串串水珠就又冒出来了。所以这块碑又被称作"流泪碑"，传说那是子贡因思念老师而在哭泣！

在子贡守墓的后三年里，他终日为孔子墓培土除草，温习孔子的教诲。每到夜间，他独自躺在床上，一闭眼，就仿佛看到了孔子，思念之情使得子贡彻夜难眠。

有年秋天，一场大风刮得满地黄叶，子贡清早起来打扫墓园时，发现了一段碗口粗的楷木枝，只见木纹细腻，木质坚硬。子贡便拿回屋里用刀子试刻起来。他一边回忆孔子的音容笑貌一边刻，天长日久，一尊刀法古朴浑厚、端庄肃穆、栩栩如生的孔子像就雕刻出来了。

孔子恭身而立，双手交叉，作"天揖之势"，生动地再现了作为万世师表的孔夫子恭谦有礼、尊师重教而又平易近人的圣洁形象。接着，子贡又为师母亓官氏刻了一尊坐像。

子贡把两尊楷木雕像并排放在书桌上，犹如面对孔子的真容，真有说不完的知心话、道不尽的离别情……

这年清明，孔子的子孙、弟子们前来扫墓，他们见了子贡雕刻的孔子和亓官氏的雕像，都说刻得太像了，就如同孔子夫妇生前一样。据说后世在大成殿为孔子塑像时，就是仿照子贡刻的那尊孔子像。这两尊像距今已有两千四百多年的历史，虽因年久腐蚀，但雕痕仍清晰可辨。

孔子后人及弟子们为了让孔子的真容也像他的思想一样传留后世，便纷纷留下来跟子贡学习雕刻孔子像。后来，他们又把雕刻技艺传向社会，于是产生了雕刻这一行当。子贡，自然成了雕刻业的祖师爷了！

## 3. 孔林有三宝
### 楷杖、如意和蓍草

　　孔林，这座有着两千多年历史的老林里，讲究很多，传说故事也不少。古传孔林有三宝：楷杖、如意和蓍草。

　　西汉初年，孔子的八世孙孔腾因体弱多病，闲居在家，生活十分清苦。这年冬天，他到孔林祭扫，遇上大风，便从"子贡手植楷"碑下拾起一根楷木枝做拐杖。回家后，孔腾见这枯木又直又结实，头上弯弯曲曲，像个龙头，再看枝干纹路清晰，像条盘龙，孔腾便取来刻刀细心雕凿起来。没几日，一个有角有须，口含宝珠的龙头便雕了出来。接着，他又顺着木纹将龙身刻出九道弯，尾上刻上九个叉，周围再刻出云朵，使龙身九隐九现，给人以盘绕升腾的感觉。孔腾越看越爱，因楷木是金黄色的，孔腾终日把玩，竟把一根拐杖磨得金光闪亮。

　　汉高祖刘邦建立汉朝不久，回老家沛县省亲，路过曲阜时，便由孔腾陪着到孔庙祭祀，他见孔腾的拐杖奇巧，便要过来赞赏不已。孔腾见刘邦对拐杖爱不释手，便忍痛割爱，做了个顺水人情，恭维道："楷木，顾名思义就是木中楷模，可比人间君子圣贤。小民想将此楷杖献给皇上，象征着皇上文韬武略兼备，是古今帝王的楷模！"这话正说到刘邦的心坎上，说得刘邦开怀大笑，当场就把孔腾封为"奉祀官"，享受千钟百米的俸禄。孔腾献杖得官，喜得他五体投地，头磕得地皮咚咚响。

曲阜孔林（王雪峰摄）

　　刘邦拄着拐杖回到行宫，皇后吕雉见了也极喜爱，央求刘邦再让孔腾做一根，回家时献给她父亲做礼物。刘邦满口应允，当下派人去告诉孔腾。孔腾领了圣旨，心想报恩的时候到了，连夜带人来到孔林，砍锯了十几根楷木枝，连夜加工，第二天就把十几根龙头拐杖送进行宫。

　　刘邦和吕雉回到沛县后，见了父老乡亲，豪唱《大风歌》，吕雉选了一根最好的楷杖送给父亲，剩下的被刘邦送给了南征北战且已年迈的将军。从此，龙头拐杖及各种楷杖便成了著名的工艺品，风行一时，流传至今。

　　再说如意。如意本名"搔杖"，它弯弯曲曲，精巧美观。工匠们依照材料的质地，在上面精雕细刻出美轮美奂的图案，或行云流水、风景名胜，或飞鸟走兽、人物故事。古代的达官贵人、墨客文人喜欢拿它玩赏或指画景物，若用它来搔背，更是得心应手，故名"如意"。最早的如意是用铁、木、玉、竹、骨等材质制作的，而楷木如意则始于宋朝。

宋真宗年间，孔子的四十五代孙孔道辅，在宁州（今云南省境内）做推事（刑狱官）。有一天，宁州人纷纷传说天宁寺的真武殿内真龙现世，一些善男信女纷纷赶到天宁寺烧香叩头。一时间，宁州城内店铺关门，城外庄稼荒芜。这事传到京城，宋真宗听说后勃然大怒："我乃当今真龙天子，宁州何来真龙？"于是令孔道辅就地处理这件事。

一天，孔道辅手拿上朝用的笏板来到天宁寺，透过缭绕的香火，孔道辅隐隐约约看见供桌上果然盘着条昂首吐须的怪物。孔道辅走进真武殿仔细一看，原来是条大蟒蛇。孔道辅悄悄走近它，趁蟒蛇不注意，举起笏板朝蟒蛇头部砸去，那昂头吐须的"真龙"立时像散了架的梯子——瘫了一地。

大蟒蛇死了，民心也平定了。宋真宗知道后大加赞赏，并把孔道辅的笏板封为"击蛇笏"。这样一来，孔道辅上朝就不能用击蛇的笏板了。

怎么办呢？孔道辅只好用从家里带来的一段楷树枝代替笏板。这个楷枝弯弯曲曲，形状十分好看，孔道辅又略加修饰，更是精美绝伦。每次下朝，大臣们都用羡慕的口吻询问他这个"笏板"的来历，孔道辅便说："这是用祖林上的楷木做成的天然如意。""天然如意"由此得名。大臣们便请孔道辅回曲阜时"代购"，或派人到曲阜专买。于是，曲阜又多了个楷木如意的生意。

蓍草是孔林的第三件宝。蓍草实际上是一种野草，茎直立，开白花，叶片形状如锯齿，上面布满细刺，茎七节八棱，七七四十九棵为一丛，阴天闭叶，晴天开放。传说神农尝百草时，发现蓍草可以消肿止疼，还是医治蛇伤的妙药。

蓍草能活上千年，把它放在古书上面，它能很自然地把书页吸起来，免去了翻书的麻烦。如果用《易经》占卜，也要用蓍草。旧社会，找算命先生有个讲究，凡是有蓍草的，算得准灵。于是，许多算命先生千方百计地托人弄到孔林的蓍草，因而，蓍草又被称为"算卦草"。

如今，孔林这座世界上历史最长，面积最大的人造园林，已是"春鸣仙乐鸟，冬绿石碑台"的游览胜地了。

## 4. 孔府宴

### 丰盛考究的官府菜

2018年6月9日晚，在上合组织青岛峰会欢迎宴会上，各国嘉宾一起品尝了鲁菜，其中包括孔府宴主菜——四菜一汤。孔府菜历史悠久，始于公元前272年，是我国延续时间最长的典型官府菜。

孔府宴的筵席规格有严格的等级，规格最高的是招待帝王的筵席，其次有祭祀宴、迎宾宴、寿庆宴、喜庆宴、婚庆宴、家宴。到清乾隆年间，御赐满汉全席全套餐皿，因而又有了"满汉全席"，有404件器皿，196道菜。孔府宴是衍圣公在欢宴历代皇帝、王公、大臣、地方官员乃至亲朋贵戚，以及喜庆祭典中逐渐形成的各种不同形式的宴席。清光绪二十七年(1902)衍圣公孔令贻过三十岁生日时，曾摆筵席710多桌，蒸菜、鱼翅、海参、鱼唇等席面一应俱全，府内府外张灯结彩，内宅外宅列满座席，钟鼓礼乐，极尽豪华。

孔府菜的故事有很多，孔府菜的命名也很有讲究。

孔府菜的命名，非常讲究，或寓意深远，或富有诗意，或赞颂其家世之荣耀。在孔府菜的众多名目中，有依古时典故命名的，令人边食边回味，越品越香美。如"诗礼银杏"是取孔庙诗礼堂前的银杏加糖、蜜制成。故事来自《论语·季氏》"鲤趋而过庭"章。孔子在庭院中要求儿子孔鲤学诗、学礼，告诉儿子"不学诗，无以言"，"不学礼，无以立。"后世在孔子故宅建诗礼堂。堂前雌雄二株银杏树均为宋时之物。历千年之久，仍茁壮成长，枝叶茂密，春华秋实，留惠后人。以此果做菜，使人回忆孔子的诗礼遗训，更深刻地了解孔府的特点。

"带子上朝"一菜，源自清光绪二十三年(1894)孔府向慈禧太后祝寿的故事。当时慈禧庆六十大寿，孔府除依例奉献寿仪之外，七十五代衍圣公孔祥珂夫人彭氏，带其子孔令贻，媳孙氏，专程进京贺寿。慈禧对他们分外礼遇，临别时除重赏之外，又写了"寿"字，画了寿桃，孔府视作莫大的荣耀。府内管家令厨师做了一道叫"带子上朝"的菜，是把五花肉煮烂后，逐刀切成碎丁，上面插满蒸熟的莲子。吃时用汤匙一舀，带起莲子(子)，肉丁朝上(上朝)。

"神仙鸭子"这道菜源自明代。相传明正德年间，有一位知府经常到孔府做客，他见厨师每次蒸鸭子时均要燃香，烧出的鸭子味道醇厚鲜美，便以为是求神仙保佑。其实，燃香是古时的计时法，因鸭子蒸煮时间较长，故成美味。久而久之这种燃香蒸鸭的做法便与神仙联系起来了。青岛峰会晚宴上就有"孔府神仙鸭"这道菜。

孔府菜秉承孔子"食不厌精，脍不厌细"的遗训，其烹饪技艺和风味特色鲜明，对我国的烹饪文化、特别是对于鲁菜的形成和发展起到了重大的影响。

## 5. 银杏叶和炒豆芽

### 孔府宴上的名贵菜

"吃"是孔府的一大特色。发展到清代，孔府厨房快赶上皇宫的御膳房了，孔府菜被称为"府菜"，是中国三大官府菜之一，孔府宴的丰盛程度能和皇宫的饮食相媲美。在纪录片《食礼传家》中，孔府菜在食料选择、菜肴烹饪、宴席设计、糕点制作以及饮食礼仪等诸方面都达到了极高的境界，孔府菜尤以做工精细、善于调味、讲究盛器而著称，给人以雄浑尊严、华贵典雅、大味醇厚的感觉，充分展示了孔子"食不厌精，脍不厌细"的饮食思想。

孔府菜一直给人以神秘的感觉，但在曲阜流传的一些民间传说中，道破了天机。下面介绍几道名贵菜。

据史料记载，乾隆皇帝来曲阜，孔府曾以196样菜的满汉宴来招待。开宴前，华灯高悬，红烛高照，乾隆在鼓乐手轻吹细打的乐曲声中入席。菜是燕窝、鱼翅、海参、干贝等珍物，菜名更是好听，如一孵双凤、玉带虾仁、竹影海参、当朝一品、神仙鸭子、青龙卧雪、雪扫梅花、八仙过海闹罗汉等等，可乾隆在京里吃厌了山珍海味，一道道菜端上来又原封不动地端了下去。

在一旁侍膳的衍圣公很着急，传话给厨师想办法。厨师作难了，心想：珍贵名菜他都不愿吃，要吃什么呢？寻思了一阵子，因正好是春天，他便打发人到诗礼堂前捋了一捧银杏叶回来。厨师把糖熬好了，又把银杏叶放到糖水里，盛出来一凉，外面发亮，里面鲜绿，很好看，起名叫"琉璃杏叶"。乾隆吃了这道菜，觉得很好吃，心想：到底是孔府菜好啊！

这样一来，衍圣公总算松了口气，厨师心里也有了底，知道皇帝爱吃哪一口。于是他们把豆芽加上几粒花椒一炒，乾隆吃了说味道不错。经了皇帝御口，炒豆芽在孔府的食谱中，立刻身价百倍，不光能上大宴席，还成了孔府的传统菜。

厨师又把豆芽的豆瓣去掉，和切成小丁的豆腐配在一起炒，起名叫丁香豆腐。那厨师还把绿豆芽掐去豆瓣和根，先炒一下海米，再把择好的绿豆芽放上，海米发黄，绿豆芽又是银色的，取名"金钩挂银条"。这样的菜，皇宫里没有。乾隆吃得津津有味，所以也成了孔府的传统好菜。

为了让乾隆吃好，衍圣公和孔府的厨师真是挖空心思，想出了不少名堂。嫩玉米扒皮，因看着像颗颗珍珠，便用它做汤，吃起来味道特别清香，于是取了个好听的名字——"珍珠笋"。

孔府的厨师就是用这些寻常食材，做出了连皇上都喜欢的名贵菜。

## 6. 臭豆腐和熏豆腐
*皇帝和衍圣公称赞的美味*

孔府的厨师用一些平常食材，做出了连皇上都喜欢的名贵菜。不过，乾隆爱吃的臭豆腐和熏豆腐，倒不是孔府厨师的手艺。

孔府有豆腐户，就是专门为孔府做豆腐的佃户。在曲阜城东的书院村，有一户姓韩的兄弟俩，都是孔府的豆腐户，韩老大每天除了给孔府送豆腐外，再做上一些自己卖，浆里来水里去挣点豆腐渣掺野菜吃。有一年三伏天，遇上连绵阴雨，豆腐做好后，除了给孔府的外，剩下的卖不出去，从前穷人是吃不起豆腐的，他们只好把剩下的豆腐切了放在盐水盆里腌上。

谁知一连七八天没有停雨，豆腐长了毛。靠着盐水的地方长红毛，没泡着盐水的地方长灰白毛。韩老大说把它扔了，他妻子舍不得，用筷子夹起一点尝了尝，咸咸的挺好吃，便用煎饼卷着就饭吃。孩子见娘吃了就也要，韩老大也尝了尝。哈！闻着臭，吃起来香。后来，炖的时候加上花椒、大料，味道不错，韩老大到孔府送豆腐时，带去了一块，说："给公爷送点小菜尝尝吧。"衍圣公起先说臭不愿吃，一尝也觉得好吃。

乾隆皇帝在孔府刚吃了满汉酒席，衍圣公用翡翠盘子端来了一小块臭豆腐，说道："这臭豆腐样子丑，吃起来挺美口。"乾隆一看，心里很不自在，勉强用筷子戳了一点，一尝，呵！味道还真不错。乾隆欢喜地说："把你的豆腐户让给我吧。"

熏豆腐

乾隆回京的时候，真把韩老大带走了。

兄弟两个，哥哥因为弄了臭豆腐进了京，那韩家的老二呢？
这一年又是三伏阴雨天，做的豆腐也没有卖出去，韩老二就把
它切了切放在箅子上晾着，烧火时，没防备把箅子烧着了，上
面的豆腐有的烧糊了，有的熏黄了。老二舍不得全扔掉，把熏
黄的放在盐水里煮了煮，一吃觉得味道不寻常，就送给衍圣公
尝，衍圣公也觉得不错。后来，用熏豆腐做菜时，又放上桂子、
桂皮等佐料一煮，那味道可真是说不出来地好吃。后来，乾隆
又来曲阜，吃了熏豆腐也夸好，临走时，把韩老二也带进了京
城……

## 7. 吃在济宁州

### "满麻烧饼"引来杀头之祸

旧时，济宁是"东鲁之大郡，水陆之要冲"，州城内外，帆影无际；街巷通衢，行人接踵。清代时有街道上百条，店铺千余家。商业的发达带动了餐饮业的发展。餐馆、酒楼布满大街小巷、河畔桥头，小吃众多，风味独特、应有尽有。民间有句俗语说："生在苏州，玩在杭州，穿在广州，吃在济宁州。"有首歌谣这样唱道：

> 济宁州，南门口，想吃便宜往东走。
>
> 出了南门朝东望，除了吃喝不上当。
>
> 馓子胡同果子巷，北菜市里喝辣汤。
>
> 柳行锅饼牛羊肉，甏肉干饭老咬口……

"甏肉干饭"，是运河边风味独到的地方小吃。说到甏肉干饭，济宁人有句老话，叫"甏肉干饭老咬口"，"老咬口"是一位经营此业最有名的师父的绰号。甏肉，是菜肴的统称，主要有红烧肉、卷煎、面筋泡、鸡蛋、炸豆腐等，分别摆放在文火煨煮的甏锅之中。食客根据自己的喜好随意挑选几样放在蒸好的米饭上，再浇上浓浓的汤汁，有菜有饭还有汤，经济实惠又解馋。"甏肉干饭"实际上是给运河码头出大力的人准备的美味；也最能体现出山东人"大块吃肉，大碗喝酒"的豪迈与豁达气概。

"老鳖靠河沿"也是济宁独具特色的美食。这道菜的主要原料是草鱼和芒子米。芒子米是从挺水植物苦荬草上打下来的。

这道菜的做法也很简单，先把草鱼炖进铁锅里，接着把芒子米和成面，趁锅热用手托着面饼贴在炖鱼锅的四周——"河沿"上，即所谓的"老鳖靠河沿"了。鱼炖熟时，鱼的鲜美全被"老鳖"（面饼）喝进肚里。有的地方没有芒子米面，便用麦子面、玉米面代替，称为"草鱼抹锅饼"。

济宁旧时的吃喝还同皇帝扯上了关系。传说乾隆皇帝多次下江南，曾在济宁停留，因而留下不少吃在济宁的传说。

传说有一年，乾隆在济宁停留，住在龙舟上。

这天早晨，张知州登船献上的早饭是大骨头汤和满麻烧饼。

乾隆见这大骨头汤奶白色的汤汁上面飘着一层黄黄的蛋皮，一撮芫荽点缀其间。乾隆喝了一口，感觉味美无比，大加赞赏，便问了一句："这是啥汤？"

张知州忙点头说："这是糁汤！"

"糁汤"的"糁"，在济宁一带读作"sá"，与"啥"相似。

皇帝金口玉言，人们遂把此汤命名为糁汤。

乾隆又咬了一口满麻烧饼，觉得酥脆可口，满口生香，一个劲地夸好。他拿着烧饼翻过来翻过去地看着，张知州近前给乾隆介绍说："这烧饼是小南门沙家的祖传手艺，千层油盐瓤，正面撒满了芝麻，用文火烧烤出来，外酥里嫩，是济宁州的名吃之一。"

乾隆嘴里嚼着烧饼，突然道："宣召做火烧的来见。"

做满麻烧饼的老沙被传来了，双膝跪在皇上面前。乾隆问：

"这火烧是你做的？"

"回万岁爷，是小子打的。"

"嗯？"乾隆一怔，"'打的'？"

"回万岁爷，是'打'的，咱这地方做烧饼叫打烧饼。"

"哦！"乾隆心里想：火烧，火烧，用火去烧也就是了，还要打。怪哉！接着又问："你姓什么？"

"回万岁爷，小的姓沙，还没名儿。"

乾隆又"哦"了一声："姓沙没名儿，你这火烧有名没名儿？"

"回万岁爷，有。叫'满麻烧饼'，人人热（爱）吃！"

乾隆一听，当即变了脸色，一拍案几，大怒道："推下杀！"

左右护卫一声"喳"，把老沙推下了龙舟。

树有根，事有因。原来，清朝的老祖宗生过天花，落了一脸麻子，这"满麻烧饼"犯了忌讳。老沙又说"人人热吃"，做烧饼又叫"打"。乾隆想：这不是明摆着要"吃掉"我满清江山嘛！所以动了怒。

但是老沙并没有被杀，他沾了姓沙没名儿的光。当时护卫把乾隆说的"推下杀"，领会成了"推下沙"！

老沙保住了一条命，从此再也不敢"打"烧饼了。但"满麻烧饼"这个名儿越叫越响，成了老济宁的名吃。

## 8. "四鼻"鲤鱼

### "乾隆御面"闻名遐迩

　　微山湖的"四鼻孔鲤鱼"，也称"四鼻鲤鱼"或"四个鼻孔的大鲤鱼"，它有红色的脊鳍、尾鳍，金黄色的鳞片，中间有一行暗褐色的斑点，像根银线，十分漂亮，既好看又好吃，是淡水鱼中的上品。"四鼻鲤鱼"跟其他鲤鱼的不同之处，就是看似生有四个鼻孔。其中两个鼻孔是真的，另外两个是两根凹进去的短须，酷似两个鼻孔。传说，清乾隆皇帝品尝后，赞不绝口。

　　相传，乾隆皇帝下江南，乘龙船出了济宁州，进入微山湖，站在船头上观赏湖光山色，忽见湖中数尾金色鲤鱼跳出水面老

四鼻鲤鱼（李晖摄）

高，十分惊奇，随行的官员说："这便是'鲤鱼跳龙门'啊！"乾隆令人捕来，仔细一看，还是四个鼻孔，乾隆甚感奇特，即命烹食，其味鲜美，赞赏道："四鼻孔鲤鱼，味美极矣！"并让此鱼作为贡品岁岁晋京。

这日，龙船进入深水区，偏偏遇上了瓢泼大雨，龙舟既无法行走，也无法靠岸，一连几天困在船上，给养也跟不上了。

这天，乾隆突然想吃面。船上已没了面粉，厨师正手足无措的时候，发现有新捕捞的四鼻孔鲤鱼，于是，剔刺取肉，烹制成面，献给皇帝食用。

乾隆食后大悦，问是何物，厨师说是"鱼面"。乾隆沉思片刻，挥笔写下"乾隆御面"四个大字。从此，微山湖的"四鼻孔鲤鱼"闻名遐迩。

过去，"四鼻鲤鱼"一直是贡品，只有达官贵人才能品尝到，如今，它已成为寻常百姓的日常菜肴和馈赠佳品。济宁人视鲤鱼为吉祥物，大婚请媒人必吃大鲤鱼；老人活到七十三岁时，女儿们一定要为爹娘送两条大鲤鱼，俗话说"七十三，吃了鲤鱼窜一窜"，有祛病消灾，祝老人延年益寿的意思。

## 9. 玉堂酱菜

### 一个制钱的买卖

济宁自京杭大运河开通之后，就成了江北著名的水陆码头，商贾云集。加之这里地理环境优美，素有"江北小苏州"的美称。到了明清，特别是济宁由散州复升为直隶州之后，更是成

玉堂酱菜（李晖摄）

了鲁西南政治、经济、文化的中心。当时流传着这样一首歌谣："济宁州，赛银窝，生意兴隆买卖多；南门口枕着运粮河，交通方便行商多……"

玉堂酱园就位于老南门外的运河南岸，是一家有着近三百年历史的老字号。民国初年，玉堂酱菜曾在巴拿马"万国博览会"上夺得五块金牌，使之名声大震，妇孺皆知。又因它与清朝宫廷有着千丝万缕的联系，其经营的酱菜被誉为"京省名驰，味压江南"。玉堂酱园作为历史悠久富有特色的民族产业，在它那兴盛而又艰难的发展历程中，给当地留下了许多耐人寻味，让人津津乐道的故事。

传说清光绪初年，济宁有一位姓冷的大商人到南京做买卖，付款数月后，货主就是不发货。冷姓商人想到南京总督孙毓汶是济宁人，便去求见。孙毓汶听冷某把在南京的遭遇说了一遍，不冷不热地端茶送客。谁想第二天中午，街市戒严，孙大人带着随从来到冷某居住的客店，寒暄了两句，便打道回府了。总督大人亲到客店拜访乡亲冷某，这消息传到货主耳朵里，他惊出一身冷汗。他连忙命人装船发货，还设宴向冷某当面道歉。

回到济宁后，冷某一直想找机会谢谢孙大人，可送金银珠宝吧，怕孙毓汶看不上眼。于是决定把运河边上的"姑苏戴玉堂"买下来，改名为"玉堂酱园"，作为谢礼送给孙家。

孙家的"玉堂酱园"生意正红火的时候，从北京传来消息，说孙毓汶犯了大清律典，要拿他治罪。孙毓汶接了圣旨，匆匆赶往北京。

光绪帝质问他："你不知道大清律典上明文规定，做官为宦的人，不得经商？"

孙毓汶心头一惊，急忙禀报："皇上明察秋毫，臣一向是不做生意，更不要说经商了。此事实在是冤枉臣了啊！"

光绪帝说："你家在济宁有一家店铺，规模还很大。你身为状元，难道不知我朝律典吗？"

孙毓汶连忙叩头答道："皇上啊，您有所不知，臣的确在家乡开了一家小小的酱菜铺，但那是为了宣扬皇恩，又怎能是买卖呢？"孙毓汶又解释说，"谁都知道我那酱园，只卖一个制钱的咸菜，这怎能算是经商做生意，这实在是臣为大清皇室赐福一方啊！"

光绪帝觉得孙毓汶讲得有理，也就转怒为喜，不仅为孙毓汶赐座赐宴，还赐金匾一块。从此以后，玉堂酱园卖一个制钱的咸菜就成了传统。不论男女老少谁拿一个制钱来买咸菜，他们都不敢不卖，还得好好接待。

## 10. 喝豆腐汤

### 徐知州改革丧葬陋俗

发丧喝"豆腐汤"的风俗起源于济宁，这不是传说，而是有历史记载的。据《济宁县志》载，清代名臣徐宗干于道光十八年(1838)夏天，履任济宁直隶州知州（辖四县）。当时的济宁是运河重镇，经济繁荣，有"江北小苏州"之称，可徐宗干上任后发现，因过分讲究丧葬礼俗和排场，相互攀比、铺张浪费，因而济宁百姓的日子过得并不如意。发丧时，主家宴客，前后竟达数日至数十日。除亲友外，村里乡邻都来帮忙，吃饭均在丧家，宴席多至数百桌，故农家有"死不起人"的说法。贫苦人家，因办不起酒席，怕人家笑话，停柩不葬，或葬而不发，有的人家几代不发丧。

徐宗干关心民间疾苦，深感陋俗不革，百姓永无宁日，于是发布公告，催令丧家速葬亡灵，提倡"豆腐汤亦可以馔宾朋"，即用"一人一碗豆腐汤"来代替丧宴；同时鼓励乡村制定有关的"乡规民约"，以削减丧家费用："一、吊丧之客，概不待席，惟二十里路以外者，势难遽归，待以便饭六味。二、陪祭之客，无论远近，概从远客例，便饭……十二、亲友赙仪厚薄，各随素日往来。"

济宁人为丧葬陋俗所困已久,对新任知州的举措称赞不已。据《济宁县志》记载,在济宁官民的努力下,丧俗从此大变,"一人一碗豆腐汤"的倡议,虽然没有得到彻底实施,但其后济宁人办丧事大多从简,再也没有因办不起酒席而不发丧的人家了。从此,百姓便以"喝豆腐汤"代之吃丧饭。后来,徐宗干又升任兖州知府(辖十县),其"丧葬节俭"的主张,得以在山东西部更多地区推行,豆腐汤的影响也越来越广,时至今日,济宁不少地方,依然用"喝豆腐汤"来代指"吊丧",一人一碗豆腐汤的丧宴形式(一人一碗菜),在部分村庄至今仍然沿用。

## 11. 七月十五放河灯

### 纸船明烛照天烧

五月初五包粽子,七月十五放河灯。

八月十五云遮月,正月十五雪打灯。

每年农历七月十五日,是中国的"鬼节"中元节。相传这一天,阎王爷打开地狱之门——"鬼门关",让鬼们出来自由活动,直至七月结束才回归地府。因此,民间便在这段时间对死去的亲人进行拜祭招魂,烧冥钱元宝、纸衣蜡烛,放河灯,做法事,以祈求祖宗保佑,消灾增福,或超度亡魂,化解怨气。七月十五这个日子,对今天的我们来说仍有一定的现实意义,传统民俗中提倡的那些价值观,比如孝敬父母、追念先人、传承文化,促进邻里和谐,关爱弱势群体,与今天的价值观都是一脉相承的。

从前，大运河两岸的村镇、码头、船家十分看重七月十五夜晚放河灯，说是为了净化河道，超度水中淹死的冤魂水鬼。河里的水鬼如果没有替身就不能转生，便会出来作祟，放上河灯，一个鬼抱着一盏灯，漂流而下，重新托生到人世，人间就太平了。

传说明朝有位漕运大臣醉酒后落水而亡，他的夫人点着官灯为之招魂。七月十五日晚上，夫人梦见丈夫来辞行，说他幸有夫人灯光招魂才得以出水，被龙王封为治水将军。

梁山开河码头有一传说，几只从南方来做买卖的商船停靠在开河码头，船主因病去世，按风俗船上不能载死尸，船主的儿子便就地买了四亩地安葬了船主，又雇了个当地人负责看林。

有天夜里，看林人正在林屋里似睡非睡地躺着养神，忽听门外有人说话，一个说："老伙计，你为什么老待在这里不回江南老家？"另一个回答："我还没有抓到替我的人，所以阎王爷不放我走。"那人又问："知道谁是替你的人了吗？"另一个说："今年七月十五有个戴铁帽子的人从这里过河，他就是顶替我的人……"

看林人猜到这准是死了的船主和别的鬼魂说话，于是暗暗记在心里。七月十五一早，看林人就守在河堤上。到了晌午，一个人头顶一口铁锅从西面走来，要从河湾里蹚河到对岸。看林人赶快跑过去一把抓住那人，说："常言道，宁绕十步远，不走一步险。你千万不要在这里蹚水过河，还是到开河闸过桥去吧！"那人说家里有急事，刚买了口铁锅等着回家做饭哩！

看林人只好把那天夜里鬼魂的对话说给他听，那人大吃一惊，赶忙过桥去了。

到了夜里，死去的船主托梦斥责看林人："我好不容易找了个替死鬼却让你给破了。害得我不知还要等多长时间才能回老家同我的先人团聚。"看林人问："除了找替死鬼就没有别的办法了吗？"船主说："有倒是有，不过你得花点钱，买点香烛，待明年七月十五夜里放二十盏灯，把运河照亮，向运河祈祷，念念我的好处，阎王爷巡视到这里一高兴，兴许就能放我回家了。"

到了第二年七月十五，看林人照船主的嘱咐，请了扎纸匠，扎了二十盏河灯，天黑放进了河湾里。只见河内有十九盏灯向北顺水漂，只有一盏灯顶水向南漂，这是船主的灵魂借着烛光回江南老家了。

从此，每到七月十五这天晚上，船上和岸上的居民都往河里放灯。有竹编的、纸扎的小船，上面放上祭品点上蜡烛，任其漂流，向水神祈保平安。一团团火烛从天际漂来，又向天边涌去。这些流动的火烛，是一个个灵魂，星星点点。"纸船明烛照天烧"，成了大运河上的一大奇观。后人有诗吟道：

江南北国脉相牵，隋代千年水漾涟。

寄语飞南归北雁，大河头尾是家川。

## 12. 过河

### 唱戏的不交摆渡钱

江湖艺人初见面，要问是几块板上的，只要说占几块板，就知道是他干什么行当的。江湖艺人所用的手板、简板和摇板加一块共十三块板。

十三块板都是哪些板呢？先说戏班子里打鼓的，他是乐队指挥，本来他有四块手板，现在还剩三块板；唱坠子书的有两块简板；张笤的手摇板是七块铁页长板，一摇晃哗哗啦啦地响，人们就知道张笤的来了。

从前，唱戏的从运河这边到运河那边，要坐摆渡。一上船，船家问："你是哪块板上的？"

唱戏的说："三块板上的。"

船家客客气气地说："自家人，自家人！"

如果回答"两块板"或"七块板"，对不起，先交上摆渡钱再过。

为啥唱戏的过河不交摆渡钱呢？这和打鼓的那四块手板有关。

过去，摆渡的船家在渡口来回摆渡，由于岸边水浅，船无法靠近岸边，乘客要等船停稳后往岸上跳。年轻人能跳过去，可年老的、妇女孩子咋能跳？只好由摆渡的船家下船，蹚水把老人、妇女和孩子背上岸，托运的东西也得蹚水搬上搬下。夏天还好说，一入冬冷得要命，再到冰冷的水里来回蹚，那真不是人干的活！

有一年腊月里，戏班子忙着赶年集，河东河西唱大戏。戏班子要渡河，枪头、刀把、戏箱子很多，一件件都要蹚水扛，船家很发愁，唱戏的也于心不忍。这时，有个打鼓的说："我看这样吧，我有四块手板，抽一块长的给你，你把它一头担在船头，一头担在岸上。"

船家一听，高兴得差点跳起来，连说："这下可好了，有办法了，有办法了！"

大家忙问："看把你高兴的，有什么办法了？"

船家说："打鼓师傅的手板虽然小，办法巧中找。找块长宽板，船头岸上担。"

船家一说，大家都明白了，七手八脚找来一块大木板担在船头和岸上，大家踩着木板上下船，东西很快也搬上了船。那些年老的和女的也不用船家蹚水背了。

戏班子打鼓的手板原来是四块，抽出一块大的给了船家当了"桥板"，打鼓的手板就剩下了三块。船家摆渡不要唱戏的摆渡钱，就是这么来的。

戏班人上船时，艺人和船家还有一种默契的暗语。船家问："有没有尾巴？""尾巴多长？"艺人答"有"或"没有"，若有"尾巴"，随即报数。这种问答，是在问戏班的人有无同伴，同伴几人，免得不该免费的人混在艺人中间过河。

等人齐了，一切安顿好了，船家一边摇橹，一边可着劲地嚎起来：


哟哈哈，嚎！

手握橹把半边漂，又开双腿哈下腰；

伸开胳膊使对劲啊，不慌不忙往前摇！

哟——哟——嚎！


## 13. 端鼓腔

### 微山湖上的美妙旋律


端鼓，是一种单面蒙皮的鼓，形如一柄大团扇，鼓把长约十厘米，把端穿一个直径七八厘米的大铁圈，圈下连着三个直径三厘米的小铁圈，每个圈上都套着三个小铁环，称为"九连环"，大铁圈里又套上六个小铁环。演奏时，除正常的敲打端鼓外，需要时不时晃动鼓把使铁环撞铁圈，发生哗哗声响，十分悦耳动听。

端鼓的演出形式，是以唱为主，有对白，有表演动作。演出时，分行当化妆扮演角色，有生、旦、净、丑之分，很像戏曲。但角色又可以随时变换，唱词中还要唱出剧中角色的名字，这又像曲艺。而且演出中还有许多翻滚、转圈打鼓、转鼓等动作，这又像舞蹈。因此，端鼓腔是一种十分独特的艺术形式。

微山湖端鼓腔被山东省列为首批非物质文化遗产。据说端鼓腔最早是由扬州一带的迁民把当地的香火带到微山湖后，衍化变异而成的。也有的说唐朝时流行于洪泽湖，于明末清初溯运河北上而传入微山湖的，随之成为微山湖渔家的俗艺。

传说，李世民死后，为了替他祭奠还愿，一面摆供上香，一面唱端鼓腔。当时创造这种腔调的有杨龙、化凤、胡清、沈四海、胡岚五位祖师，这五个人也是当时为李世民超度亡魂的演唱者。

微山湖端鼓腔的来历，在南阳镇流传着这样一个传说。

有一年，黄河北的一个山大王发了财，要还"人头愿"。"人头愿"就是用活人的头来祭祀。这个山大王听说微山湖上有三个唱端鼓腔的，他们是杨荣、挂风、申士海。山大王便派人来微山，把杨荣、挂风、申士海三个请到黄河北，住在大王家里。

和杨荣、挂风、申士海三个住在一起的还有两个小孩，一男一女，都长得白白胖胖，特别招人喜欢。他们五个天天好吃好喝的，什么也不干，就这样一闲就是三年。三个大人纳闷，既不让走，也不让唱戏、跳神，这是为什么呀？

终于等到还"人头愿"的日子了。这天，大王告诉三个艺人，明天就要唱戏还人头愿了。三个艺人突然明白了，这两个孩子是拿来献神的。看来，这俩孩子是活不成了。于是他们悄悄地问小孩："你们知道叫你们在这儿干什么吗？"

两个小孩摇摇头。

"你俩活不成了。"于是，三个艺人把事情的原委告诉了两个小孩。

两个小孩听了，都吓得哭起来，请求三个艺人救救他们。

艺人叹口气说："我能救你俩，谁又能救俺仨？"

小孩心想也是，便不再求大人，只是低声哭泣。

艺人们见小孩怪可怜，就问："你俩在这院里过了这么长时间，听大王念叨过什么话没有？"

小孩想了想说："听到过，什么'前腿弯弯后腿直，腰里勒着个破狗皮，若问我是怎么死，打铁累死的！'"

三个艺人一听明白了，告诉小孩，明天唱端鼓腔和跳神的时候，把酒烧着后浇到他们身上时，千万别摇头。

小孩点点头，说记住了。

第二天，祭神开始。三个艺人登上祭坛，一边焚香一边唱念：

　　阿弥陀佛焚真香，紫金炉里放红光。
　　一炉香，二炉香，三炉神香都烧上。

接着是请神，唱百神赴号调：

　　哪吒真是好神仙，昼不睡哟夜不眠。
　　蜷腿睡了伸腿睡，蹬倒乾坤塌了天。
　　开坛来先要请，金吒、木吒、哪吒三位神仙。

　　灌州城里杨二郎，身穿一色淡鹅黄。
　　斧劈桃山救过母，朝阳洞里儿见娘。
　　开坛来咱要请，孝道真君杨二郎……

三个艺人边唱边跳，跳的目的就是请神，把山大王需要的神，也就是他的老祖宗请下来，如果请不下来，就要杀头。

他们施了法术，把酒点着后，泼到俩小孩身上，小孩没有摇头。大王一看，小孩没摇头，说明神没有请来。山大王就不愿意了，要杀了三个艺人。

三个艺人连忙解释，说："还愿用猪用羊不用人，用人跳不下真神。"

山大王为了还愿已等了三年，时辰不能错过，立即令手下牵来猪和羊。

艺人又开始唱跳，把酒烧得冒火，猛地泼到猪羊身上，猪羊被烫得直摇头。

这时，三个艺人像浑身抽风似的念叨起来："前腿弯弯后腿直，腰里勒着个破狗皮……"

山大王一听，哎呀，把神请下来了，于是赶快杀猪宰羊，摆上神供。

山大王终于如愿以偿了，心中十分高兴，要重赏三位艺人，艺人不要。山大王又拿出一件龙袍，不知从哪里盗来的，三位艺人更不敢要了。山大王不愿意，不要不让他们走。三个人没法子只好带着龙袍往家赶。

三个艺人一走三年没有音信，家里人以为他们死在外边了，都在家里披麻戴孝，给他们发丧了。谁料想，他们死里逃生回来了。家里人真是悲喜交加，为了庆贺团圆，他们把两只大船并起来作为戏台，穿上龙袍，敲起端鼓，唱起了端鼓腔。渔民们撑着自家的小船，从四面八方围拢来看。悦耳的端鼓腔，美妙的旋律，在湖面上飘荡……

# （二）流风余韵

## 1. 西狩获麟

### 孔子绝笔《春秋》

麒麟，是中国古代传说中的一种动物。从其外部形状上看，麋身，牛尾，马蹄，鱼鳞皮，有一角，角端有肉，黄色。这是把许多现实中存在的动物肢解后重新组合，将人们珍爱的动物所具备的优点全部集中在一起，幻想而成的神兽。

在民间传说中，麒麟与儒家学派的创始人孔子有着密切的关系。传说孔子降生的当天晚上，有麒麟降临，并吐玉书，上有"水精之子孙，衰周而素王……征在贤明。"的字样。意思是告诉人们，孔子非凡人，乃自然造化之子孙，虽未居帝王之位，却有帝王之德，堪称"素王"。孔家人将一彩绣系在麟角上，以示谢意。周敬王末年时，有人在曲阜掘土犁田，竟挖出了那条当初系于麟角的彩绣。此后，人们又引申出麒麟吐玉书三卷，孔子精读后成为圣人的故事。至今，在文庙、学宫中还以"麟吐玉书"为装饰，以示祥瑞降临，圣贤诞生。孔子生活的时代，礼崩乐坏，社会动荡不安。传说麒麟现于郊野，为人所贱，孔子喟叹麒麟"出非其时"，标志着社会日暮途穷，孔子所著《春秋》于此绝笔，故《春秋》又称为"麟史""麟经"。

孔子晚年被鲁哀公尊为"国老",享受退休大夫的待遇。此后,孔子开始整理编修历史著作——《春秋》。他要在这部书里寄寓自己的政治理想和主张,以便留给后人效法。《春秋》一书,自平王东迁记起,至鲁哀公在位时,共记录了二百多年的大事。孔子为了写这部书,三年内有两年多的时间都是吃睡在书案上。

这年春天,鲁哀公要带着大臣们去鲁国西边的嘉祥狩猎,也通知了孔子。孔子开始不想去,但想到自己身为大夫,不好拒绝哀公,再说自己已经三年足不出户了,《春秋》也快写完了,何不趁这大好春光出去散散心呢?于是就带着几个弟子去了。

嘉祥地处鲁国西境大野泽,那里有麒麟爱吃的芦苇、香蒲等植物,是麒麟生存、生长的地方。鲁哀公带着大臣们去追逐猎物,孔子和弟子就在一条小溪旁赏花观景。快中午了,鲁哀公派人来请孔子,说他们猎到了一头似牛非牛、似鹿非鹿的怪物,请孔子看看是什么。

孔子过去辨认了一番,说:"这是一只麒麟。我听说麒麟出现必是在太平盛世,或是圣人出世……"

大臣们一听,都围着哀公恭喜祝贺,哀公更是喜出望外。孔子却叹道:"如今的世道能算是太平盛世吗?麒麟是一种仁兽,它的出现,必在圣君明王在位时。我听说,尧时麒麟游于野,周兴麒麟现于郊。它如今出现,因不是明君当道,所以被仆人猎杀……我那《春秋》也就此绝笔吧!"

自"《春秋》绝笔于获麟"后,孔子更加衰老了。

## 2. 孟母教子

### "带孩"风俗的由来

古往今来，父母把孩子养大成人后，还要为儿女继续操劳，为儿子娶上媳妇，给闺女找上婆家，才算彻底完成了养儿育女的责任。这已成为中国两千多年来的传统。孟母含辛茹苦把孟子拉扯大，又供他读书，孟子十七八岁的时候，孟母又操持着给儿子找了位既贤惠又有才学的女子——田氏为妻。

孟子经常外出讲学，一去数月，不知几时回来。这年夏天，孟子从外边回来，推门进屋，见妻子田氏裸着上身在织机前织布。孟子见状大怒，当即写了一纸休书，要将妻子赶出孟家。孟母知晓后，非但没有怪罪儿媳，反而批评孟子说："古人言：'将上堂，声必扬。将入户，视必下。'你是个通文晓礼的人，怎么连这个规矩都不懂呢！进你妻子的房间，你为什么不敲敲门，或者咳嗽一声呢？你不声不响推门而入，这是你的不是，怎么能怪罪你媳妇呢？"孟子闻言大悟，立即给母亲认了错，向妻子赔了不是。孟母不仅是位教子成才的慈母，还是一位善于处理家庭纠纷的好婆婆。

孟子和田氏和和美美，日子过得十分快活，孟母见了心里也乐滋滋的，就盼着早日抱上孙子！

转眼几年过去了，孟母脸上的笑容不见了，她在堂屋里设上灵主牌位，天天烧香磕头，企盼送子娘娘快给她送个孙子来。又过了两三年，还不见田氏怀孕，老太太实在坐不住了，便带着儿媳四处求医拜神。封建社会讲究续香火，孟子也说过："不

孟母堂（王雪峰摄）

孝有三，无后为大。"所以孟子心里也分外着急，不愿在自己
这一代断了孟家的香火。可田氏不生养，有什么办法呢？

一天，孟母把儿子、儿媳叫到自己房里，商量着要抱养个
孩子。孟子对母亲一贯言听计从，便答应下来。

过了不久，孟母就从外边抱来个又白又胖的小子，这孩子
因家穷养不起，所以送给了孟家。

田氏把收养的孩子视为己生，精心抚养。孟母和孟子也格
外疼爱他，等他长大后，就跟着孟子读书习文，也成了孟子的
得意门生。

孟子四十岁那年，妻子田氏竟有了身孕，终于生下个白白
胖胖的男孩。孟子觉得养子是老大，就给亲生的孩子取名叫孟

仲子。"仲"是老二的意思。

孟母见有了亲生的孙子，一连几天喜得合不拢嘴，对儿媳说："你这是带人家的孩子，修自己的孩子。这不，人家的孩子带大了，自己的孩子也有了。"据说，"带孩"的风俗就是从孟家传下来的。


## 3. 孟子施仁

### 草帽接燕巢和燕子路

农村一般都是在春季建造房屋，房屋建好后，还要等过了夏天才搬进去居住。这是为了让春风吹，夏日晒，去去潮气。新房一空数月，小燕子就偷空衔泥做巢。燕巢大都在堂屋房顶的檩子上。

传说有一年，孟子出游齐国，随行的弟子万章说："老师，前边不远就是我家了，老师到我家歇歇腿喝口水？"

孟子说："好吧。"

万章把老师请进家中。谁想孟子刚走进堂屋，就听啪的一声，一坨燕子屎差点落在孟子头上。

万章一见，很生气，顺手操起一根竹竿就要把屋顶上的燕巢戳下来，把燕子赶走。

孟子抬起头，看了看，拦住万章说："不要这样。你看看这燕巢是燕子一口泥一口草衔来的，它们做成这个巢不容易呀。你把它戳下来，燕子就无家可归了。再说，巢内还有一些没长大的小燕子，你要把巢戳下来，小燕子不就摔死了？我看，咱

邹城孟府（赵新宏摄）

对这些小生灵也该施点仁政，就饶了它们吧！"

万章觉得老师说的很有道里，但这燕子屎不定什么时候就落下来了，不是脏了地面，就是落在人身上，多脏呀。

孟子看出万章的心事，于是取下头上的草帽，递给万章说："你把草帽挂在燕巢下边，接住粪便，不就什么都解决了嘛！"

万章觉得这个主意不错，立即接过老师的草帽挂在燕巢之下。

直到现在，孟子家乡的许多农家还有用草帽接燕子粪的习惯。

有一年初夏，孟子到郊外散步，回来的路上，天降暴雨，无处躲避，就急匆匆地往回赶。

前面就是公孙丑的家了，孟子决定到公孙丑家避避雨。

当他赶到公孙丑家门口时，见一对燕子在泥水里挣扎。孟子弯腰拾起那对燕子，放在胸前暖着。等叫开公孙丑家的门，孟子一迈进去，就听梁上燕巢里的一群小燕子叽叽喳喳乱叫。孟子顾不得换干衣服，就叫公孙丑擦去燕子羽毛上的泥水，放进燕巢里。

孟子抬头看了看燕子们亲昵的样子，语重心长地对公孙丑说："我们行仁义，不仅对人，对万事万物都应想着'仁义'两字。刮风下雨时，你把屋门一关，大燕子就会被关在门外冻死，小燕子无人喂养就可能饿死。我看你不如在门上留个孔，一来给燕子留条路，二来屋里也可进点新鲜空气，这不是件两全其美的事吗？"

公孙丑尊从师命，随即在屋门上方锯了个小孔。现在鲁西南农家的房门上方都喜欢留有一个空隙或小孔，就是为了使燕子出入方便，人称"燕子路"。


## 4. 梁山伯与祝英台

### 梁祝传说有"墓记"

梁山伯和祝英台的传说在全国流传很广，版本很多，但大体内容基本相似。流传在济宁的梁祝传说都与本地的风景名胜，甚至风俗有关，主要集中在微山县马坡乡、邹城市峄山和济宁市任城区一带。

故事发生在汉朝，一说西晋。济宁城东九曲村有个祝员外，

梁山伯与祝英台碑（孙旭摄）

膝下有一女，唤作英台，聪慧过人，见到世家子弟求学中榜，光耀门庭，便一心想出门拜师求学，怎奈自己是个女儿之身。英台求学心切便乔扮男装，外人居然看不出什么破绽，父亲也就同意了。

初春时节，草长莺飞，英台踏上了求学之路。她要去的地方就是现在邹城市的峄山，那里是学习儒家思想的重要场所，直到现在还有"梁祝读书洞"遗址。在去往峄山的途中，英台邂逅了书生梁山伯。两人一见如故，于是结拜为兄弟，相伴同行。此后的三年里，两人同窗共读，形影不离，又同睡在一张床上。聪明的祝英台告诉梁山伯，我们是君子，晚上睡觉的时候，应该在我们两个人的中间放一碗水。憨厚的梁山伯同意了，所以三年内竟不知道祝英台是位女子。

三年后，两人学成归家，梁山伯十八里相送，英台暗送秋波，说她家中有一个妹妹，长得和她一模一样。她希望梁山伯在桃花盛开的时候到她家里提亲，梁山伯欣然答应了，可事后忘得一干二净。

桃花开了，桃花落了，桃子成熟了。梁山伯猛然想起答应过祝英台要去提亲的事。梁山伯急匆匆赶到了祝家，才发现祝英台原来是个女孩；并且得知因为他没有依约在桃花盛开的时候来提亲，祝英台的父母已经把她许配给了富家少爷马文才。

梁山伯在悔恨痛苦的折磨下病倒了，不久就离开了人世。消息传来，祝英台痛不欲生。在马家来迎亲的这天，祝英台提出要祭拜梁山伯后才同意和马文才完婚。马家同意了，祝英台来到梁山伯墓前痛哭不止，突然晴天霹雳，坟墓裂开了一个口子，悲伤的祝英台毫不犹豫地一头扑了进去。在众人还没反应过来的时候，坟墓又慢慢地合拢了，随之，两只美丽的蝴蝶从坟里飞出来，翩翩远去……

当地的乡绅认为这是有关节义之事，应当为后世所纪念，于是在墓前立碑作传。所葬之地即今微山县马坡村。

2003年秋天，一块立于明朝正德年间的梁祝墓碑在马坡出土，碑额刻有"梁山伯祝英台墓记"八个篆字，碑文记载，明朝正德十一年(1516)，南京工部右侍郎、前都察院右副都御史崔文奎，作为钦差大臣视察河道，途经微山马坡，发现已破败不堪的梁祝墓，决计重修。碑文还记载了祝英台女扮男装，与梁山伯同在邹县(现邹城市)峄山读书学习三载，后二人因思念而死，合葬在马坡的事情，无钻坟化蝶之传说。这是中国十处梁祝墓中唯一有文字记载且内容比较详细的碑，也是刻立时间较早的一块碑。

在微山县马坡，梁祝故里依在，家族后裔尚存。年过八旬的马振西老人系马氏族长。他提及马氏族规时，肯定地说："几百年了，马氏族谱上从未出现过祝姓的媳妇。"马族长称，马祝不通婚虽不是明文规定，但执行起来比法律还严格。直到现在，这一族规还在延续。马族长坦言，此规矩由来已久。当年马家对祝家可谓三媒六聘、明媒正娶。但祝英台却心系梁山伯，最终导致马家娶亲娶了个空，这是马氏家族的奇耻大辱。从此马祝两家不再联姻。即使到现在，马家乡民和祝家乡民，一个河西，一个河东，交往非常少；马姓人与祝姓人遇到一起，也依旧有些许不自在的感觉。这大概就是梁祝传说在马坡乡留下的尤为独特的历史印记吧。

## 5. 文成公主

### 任城王的女儿

文成公主是唐代任城王李道宗的女儿。李道宗是唐高祖李渊的堂侄，唐太宗李世民的堂弟，因战功卓著被高祖封为任城王。李道宗在任城王位上约十九年。传说，文成公主就在济宁出生、长大。

太宗贞观八年（634），吐蕃（今西藏地区）年轻的国王松赞干布派使者来唐朝进贡并求婚，被太宗回绝了。不久，松赞干布再一次派人入朝求婚，唐太宗看到吐蕃是一支不可忽视的力量，就答应了松赞干布的请求。可是，太宗虽有二十一个女儿，可那些后妃们谁也舍不得把女儿送往那茹毛饮血、天寒地冻的异域之邦。一连好几天，太宗茶饭不思，愁眉不展。而李道宗心里明白，如果不答应吐蕃的要求，很可能会燃起战火，生灵涂炭。他想，如果把自己的女儿封作公主，嫁往吐蕃，一切问题不都解决了吗？可是把自己的掌上明珠送往那么一个蛮荒之地，自己心里又有所不忍。但是想到大唐的江山，想到饱经战乱的百姓，他下定决心，向太宗建议让自己的女儿嫁往吐蕃。太宗听闻大喜，立即降下一道圣旨，封道宗之女为"文成公主"。

一开始，文成公主也不情愿，她伤心流泪了好一阵子。不过，她是位深明大义的女孩子，对父王的良苦用心心知肚明，便说："父王，这件事我不怨你，事已至此，我想，为国为家我还是应该去吐蕃的。但是我想先见见那位吐蕃使臣。"文成公主从使臣那里了解到，吐蕃并不是可怕的不毛之地，而是带有神秘色彩的富饶之邦。松赞干布十三岁就继承了王位，消除了内乱，统一了整个西藏高原。他不仅有赫赫武功，而且风度翩翩，这些都唤起了文成公主对西藏的美好向往。

唐太宗让李道宗亲自护送文成公主入藏。贞观十五年正月出发，取道青海，前往西藏。一路上，吐蕃为公主一行备置了好多驿站，他们沿途受到热情迎送。他们停留的最后一座汉人城市是鄯城（今西宁），那里有一条倒淌河，这条河河水自东向西注入青海湖。传说文成公主从这条河起要下车换马，进入草原。她感到离家一天比一天远了，不禁伤心地哭了起来。这一哭不要紧，竟发生了"天下江河皆东去，唯有此水向西流"的现象，"倒淌河"由此得名。

松赞干布率领军队亲迎于扎陵湖（今属青海），穿上唐朝赠送的袍带，向李道宗恭敬地行了子婿大礼。入藏后，他按照唐朝建筑式样特意为公主建造了一座气势宏伟的宫殿。松赞干布在位的二十多年里，吐蕃一直与唐朝保持着友好关系。

文成公主入藏时，携带金银器皿、丝绢、粮食种子、营造工技和医药书籍以及工匠等，使汉族先进生产技术及文化传入西藏，对西藏发展起到了一定推动作用，对汉、藏两族人民友好关系亦有较大的促进。

文成公主随父王在济宁生活了那么多年，是孔孟之乡的水土养育了她。文成公主入藏，成为汉藏关系史上的一段佳话。

洙水桥（张建中摄）

## 6. 乾隆皇帝祭孔

### 洙水桥畔贬翰林

孔林里现存最早的石仪，当数孔子墓前宋代雕刻的那套石仪，坐落于享殿前的甬道两旁，共四对，分别是华表、文豹、角端、翁仲。这四对石仪都有传说故事。这里重点说说石人翁仲——传说翁仲是秦代的骁将，他英武过人，威震四方。翁仲死后，朝廷铸造了一尊翁仲的铜像，立于咸阳司马门外，后来为了对称，便雕成文翁仲、武翁仲两尊，分别立于墓道两侧，借其威名护林卫坟。孔子墓前的翁仲，武翁仲手按宝剑，虎视眈眈；而文翁仲则手持笏板，神采飞扬。两尊翁仲，雕刻得线条流畅，古朴浑厚。就在这两尊翁仲前，乾隆皇帝留下了贬翰林的趣事。

有一年，乾隆来孔林祭孔，当他来到洙水桥坊时，仰头仔细观看"洙水桥"三个红色大字，落款是"大清雍正十年"。乾隆含笑穿过洙水桥，扭头瞅了一眼洙水桥坊的背面，这一看不要紧，脸色立时寒了下来。原来背面的桥坊上刻的是"明嘉靖二年衍圣公孔闻昭立"。同一坊石的两面署名竟然相差二百多年。

原来，雍正九年（1731），朝廷派官员监修孔林，官员偷工减料，私吞了很多修林的银两。许多该修的地方都没有修，而是采用偷梁换柱的办法，蒙混过关。乾隆对官员们贪污和应付差事给后人留下笑柄，十分生气。但这是前代发生的事情，乾隆也不好再追究。本来愉快的心情，被这事搅没了。

穿过洙水桥，过了挡墓门，乾隆来到享殿前时，迎面是四对石仪。

乾隆见那位石雕的文翁仲虽笑容可掬，但头向一边斜着，露出对人不理不睬的神态。乾隆随口问身边的翰林大学士："这两个石人叫什么名字？"

翰林大学士被皇帝突如其来的问话弄蒙了，慌中出错，竟顺口答道："仲翁。"

乾隆听了，心里很不是滋味，堂堂翰林大学士，怎么能把翁仲说成"仲翁"呢！便揶揄道：

翁仲缘何说仲翁？怨尔当年欠夫功。

有亏朝里为林翰，贬汝江南做判通。

乾隆故意把每句话的最后两个字颠倒过来，嘲讽那位大学士。就是这首打油诗，把那位翰林大学士，贬到江南做了个通判。

# 7. 济宁七十二衙门

## 天井闸闸官是王爷

旧时，济宁是大运河沿线地势最高的地方，为了济运畅通，把汶河水、泗河水引入济宁，在城南建天井闸分水，从此运河南北贯通。元、明、清三朝都把治运的最高机构设在济宁，那时，济宁有七十二衙门之说。元朝设立都水监、行都水监、总治河防使，明、清设运河总督衙门，但这些衙门都没有天井闸衙门的官位高。天井闸衙门的权限有多大呢？其实只是为南来北往的船只过闸时提闸而已，虽然天井闸人少事少，可它的级别高，从不接官迎道。接官迎道就是济宁新来了州官、县官，或是过路的官员，一般衙门的官员都要出城迎送和拜见。唯独天井闸的闸官，可以不理这一套，既不迎送，也不拜见。一个小小的闸官，为什么有这么高的地位呢？

明清时期，有个王爷，是当朝皇上的亲兄弟。王爷住王府，锦衣玉食、妻妾成群，天天跟过年似的。可王爷却过腻了，一心想换个活法，想换个地方。

这天，王爷一个小妾的父亲，来见王爷女婿。这老丈人是

216

个漕运官，听王爷女婿把烦心事一说，他暗暗寻思：要是把王爷弄到漕运上做大官，我这后台不就更多了，往后想升官发财那还不是一句话的事！他又想，王爷的身份那么高，他上任最起码也是个漕运总督啊！再一想，王爷女婿是享惯清福的人，他要是当上漕运的总督肯定不会长久，到那时女婿不愿干，老丈人可以接着干呀！他越想越觉得这一招高，便说："你去管漕运吧！"

王爷问："管漕运有什么好处？"老丈人说："那好处太多了！一是，从北京到杭州到处都风景如画，王爷相中哪里就住哪里；二是漕运专管运送钱粮、贡品，那是流油的差事啊；三是自由自在，王爷只要离开了京城，到哪里都是至尊至贵啊！"

王爷一听，真的动了心。第二天，王爷就进宫见皇上，把要干漕运的事说了。皇上很高兴，令人拿来漕运图，让王爷按上面标的地点随便挑，挑中哪儿就到哪里去当漕运官。王爷用手指头从北京、天津开始往南找，当指到济宁州时，发现济宁州还有个"天井闸"。他心想："天井"这闸门一定又高又大。皇上哥哥称天子，我当"天井闸"的闸官正合适！于是，他用手指点着"天井闸"三个字，说："我就坐天井闸吧！"皇上当即恩准，还赐他一个"天井闸闸官"的封号。

没过多久，王爷收拾好行囊，带着家眷和几十条官船，浩浩荡荡开到济宁赴任了。王爷来当"天井闸"的闸官，地方上的动静能小吗？

只见运河码头上，鼓乐齐鸣、喇叭嘹亮、唢呐震天。真是

"喇叭，唢呐，曲儿小腔儿大。官船往来乱如麻，全仗你抬声价。"当年运河往来的官家船，是有乐队壮声势的，沿岸官衙接送官船也用鼓乐。济宁城南有条小巷名叫鼓手营，就是当年河道衙门官乐队的驻地。

各路官员早早迎候在运河码头，把王爷接入官驿，天天办接风洗尘的宴会，把王爷忙得不可开交，喝得晕头转向。因为王爷来当闸官，地方官员净拣好听的说。这个说，天井闸怎么高怎么大，那个说，天井闸多么险要，真是一夫当关，万夫莫开！还有的说，这么重要的闸口，只有王爷才有资格管辖。当朝皇上真是英明之主，把王爷派来……说得王爷心花怒放。

应酬完了，王爷该到天井闸理事了。这天，他带着家眷、随从离了官驿来到"天井闸"衙门前，一行人抬眼一看，傻了眼，天井闸衙门就三间草房。闸上也只是一个单孔闸。看得王爷心灰意冷！

这时，管事的过来磕头，王爷问他："本衙总共有多少人马？"

管事的说："没多少人马，只有两三个扫街、看闸的差夫。"

王爷又问："除了这两三个人，还管谁啊？"

管事的说："再就是七八个在闸上混日子的。大人您愿意管他们也行，不愿意管也中！"

王爷再问："我这个天井闸闸官都管些什么事啊？"

"大人，咱只管为来往的船只提闸就行了。"管事的说。

王爷一听，头都蒙了，立时就不想在这儿待了，恨不得立即坐船回京城。这时，师爷提醒他："不行呀，没有圣旨是不能回京的。"

王爷正发呆，此时天井闸开闸过船，但见闸门一开，河水如猛虎下山，从数米之上夺闸而出，一泄百里，涛声轰鸣，振聋发聩。正要过闸的船只如漂浮在水上的树叶，一会儿浮上浪尖，一会儿跌入旋涡，飞花溅玉，惊心动魄。

再听闸工、船工和纤夫的号子，此起彼伏，声嘶力竭："喂——来嘿！抓紧大绠使猛劲啊，一折一折往上升。一气升到将军顶啊，紧靠鳖鱼好使风。满篷过风送船行啊，九曲三湾随船转啊，高手能使八面子风啊，哟——哟——哟！"

王爷一听，心里乐了，这是唱的什么？胡诌八扯！

王爷无奈，此后天天来巡视开闸放船。久而久之，他被开闸时的惊涛骇浪所震慑，更被船工、纤夫们的勇敢与勤劳所感动。他对岸边纤夫们天天出牛马力，顿顿吃猪狗食表现出极大的同情。他写诗道："下磨脚底上磨肩，麻绳勒断百把圈，可怜可怜真可怜，吃饭蹲在运河边。"

王爷慢慢地喜欢上了这里，在天井闸落地生根待下来了。济宁"天井闸衙门"因此成了官职最高的"闸口"，是王爷那一级的。

## 8. 南阳古镇

### 关二爷过河

南阳古镇是南阳湖里的一座小岛，它北连济宁太白湖，南接微山湖。京杭大运河从古镇穿过，把南阳古镇一分为二。年节时，有来赶会的、听戏的、看景的，为图方便，人们不愿绕到闸桥上过河，都喜欢坐摆渡船。

摆渡的艄公从前是闸工，如今老了，推不动闸了，便到这运河边做了艄公。老艄公无儿无女，孤身一人，没有家，平常就住在关帝庙廊下。

这天半夜三更，有人把正在睡觉的老艄公推醒，说要过河。老艄公虽一肚子不乐意，但自己吃的就是这碗饭，有活咋能不干呢？老艄公睡眼惺忪地来到河岸，解开缆绳。老艄公借着月光一看，这位客官人高马大，还牵着一匹高头大马，手里好像还拿着家伙（兵器）。一上船，就压得船板咯吱咯吱响，木船直往下沉。可老艄公撑起船来并不觉得费劲。

从河这边到河那边，不过一袋烟的工夫。牵马人要下船了也没有给钱的意思，艄公只好张口跟他要摆渡钱，牵马人没有给钱，却拍了拍马屁股，只见那马在船头拉了一些屎蛋蛋，牵马人就牵着马下船走了。老艄公心里那个气呀，过河不给钱，还叫马拉了一船头屎。艄公无奈，只好拿过笤帚扫了扫，把马屎蛋蛋都扫到河里了。

第二天，艄公起得早，发现船头没打扫干净的马粪竟是一粒粒黄灿灿的金子。他恍然大悟，原来昨夜过河的是关公关二

爷！但为时已晚，金子都被他扫到河里了。老艄公只能继续摆渡挣钱，仍然穷困潦倒。真是外财不发穷命人啊！

## 9. 南旺镇的传说

### 白英点泉

　　明朝时，济宁人称大运河为漕河，从临清到济宁这一段也叫济州河或会通河，是往北京运送粮草的重要通道。永乐年间，河道淤塞，永乐皇帝钦命工部尚书宋礼，带领十六万民工疏通会通河，河道疏通后，却没有水。原来，汶上南旺这一段被称为"水脊"，是整个运河的最高点。宋礼接受农民水利专家白英的建议"借水行舟",从汶上东北的戴村到南旺开挖一条小汶河,引大汶河之水流入会通河,两河相汇处建分水口,周边再开挖"水柜"蓄水,终于使大运河南北贯通。

白英(1356—1419)是位地地道道的农民,一辈子没有当官,可他治河有功,被后世帝王封为"永济神""功漕神"。于是,白英在民间传说中就慢慢地被神化了。

传说,白英家在运河边上,他出生不久,父亲就死在了挖河的工地上。从此,孤儿寡母相依为命。那时,穷人缺吃少穿,最怕生病,特别是小孩子,一场小病就会要了命。

穷人的孩子命硬。小白英跟着母亲吃糠咽菜,一直长到三

分水龙王庙(王雪峰摄)

岁也没得过病灾。白英娘暗暗在心中祷告：菩萨保佑！

这年夏天，白英娘从运河里挑来一担水，一边擦汗，一边拿过水瓢，舀了一瓢凉水咕咚咕咚喝起来。就在这时，门口来了一位老婆婆，只见她慈眉善目、步履蹒跚，拄着一根龙头拐杖，说道："他婶子，天这么热，给碗水喝吧！"

白英娘放下手中的瓢，说："您等一会儿，俺给您烧开水喝吧！"

老婆婆点点头，进了院子，站到树荫下。这时，小白英急忙搬来一个板凳，请老婆婆坐下。

一会儿工夫，白英娘就把刚烧开的水端过来了，老婆婆说："俺要碗凉水，你给俺烧成开水，真是个好心人呀！"老婆婆又看着小白英说："这孩子这么小就这么懂事，长大了一定有出息！"

"唉——"白英娘叹口气，说道，"生长在这运河边上，能有啥出息，还不是跟他爹一样，挖河拉纤，累死累活……"

老婆婆也叹口气说："唉，人生在世哪有一帆风顺的。再说，没有翻不过去的山，没有渡不过去的河。看您一家子是个好心人，我也没有金银财宝送您，我给孩子一个物件吧！"说着用龙头拐杖往地上使劲一戳，一股清泉涌出地面，接着，那股清泉滴溜溜飞转起来，形成一个旋涡，突然金光一闪，从旋涡里蹦出一条金翅金鳞、活蹦乱跳的小鲤鱼，不偏不倚正好落在老婆婆的手里。老婆婆手托小鲤鱼，口中念念有词，小鲤鱼在老婆婆手心里越蹦越小，眨眼工夫缩成了拇指大小。

老婆婆把小鱼递给白英娘，交代说："你给它穿上红绳，挂在孩子脖颈上，以后遇见什么凶险都能化解了！"

白英娘接过小鱼一看，竟是一块玉石雕琢的饰品！看那小鱼，张着嘴，翘着尾，就像活着一样透着一股欢劲儿。白英娘正要向老婆婆道声感谢，抬头再看，老婆婆不见了，她追出门外，大道上也没有人影。白英娘想：真是奇怪，大白天的，一眨眼的工夫人就不见了。她心想，自己一定是遇见仙人了。于是按老婆婆的话，把小鱼用红绳穿上，戴在白英的脖子上。

从此以后，小白英百病不生，虽说吃糠咽菜，但个子长高了，身板也强壮了，平日里帮着娘下地干活，也顶得上半个劳力。

那个年代，住在运河边，不是闹水灾，就是闹旱灾，老百姓吃不上喝不上也就罢了，偏偏有皇家的大船打此经过，不是派夫，就是派粮，弄得老百姓年年不得安生。

这年春旱，皇帝的龙舟搁浅在南旺运河里。百里以内的民夫都征来了，拉船的号子震天响：

> 嘿呀哈嘿！栽下膀子插下腰，
> 背紧纤绳放平脚，嘿呀哈嘿。
> 拉一程来又一程哦，不怕溜紧顶头风。
> 临清州里装胶枣，顺水南下杭州城。
> 杭州码头装大米，一纤拉到北京城。
> 嘿呀哈嘿，千里运河一条龙。
> 背紧纤绳莫丢松，好比文王拉太公。
> 文王拉他八百步，太公保国八百冬。
> 嘿呀哈嘿……

任凭喊哑喉咙，磨破膀子，拉断纤绳，这龙舟在黄泥汤里就是不挪窝。

一连几天天天如此，龙舟上的皇帝也沉不住气了，愁得茶饭不思，睡不着觉。这天白天，皇帝靠在龙椅上打了个盹，就见一只白脖子鹰落在一棵榆树上，呱呱直叫，把皇帝给吓醒了。皇帝四下望望，还是行不了船，他无聊地打了个哈欠，不知不觉又合上眼，又见那白脖子鹰呱呱叫，翅膀还扇了几下，睁开眼还是一个梦……

这天，皇上一合眼，就梦见一只白鹰冲自己呱呱叫，这到底是什么征兆呢？皇上急忙招来大臣为他解梦。

大臣装模作样地掐着手指头算了算，说："皇上，这个梦是大吉的兆头，接下来就会出现能人相助。"

皇上问："何以见得？"

大臣说："鹰和英是同音，鹰即英也。梦见的鹰是白脖子，这个能人一定叫白英。皇上的龙舟搁浅在这里，必须有泉水送来才能行舟。白脖子鹰呱呱叫，又展翅欲飞，是告诉皇上这里有个叫白英的能人会点泉。泉涌水涨，自然扬帆起航！"

一旁跪着的大臣一听，都向皇上恭贺，皇上自然也喜得合不拢嘴，当即传旨，叫文武百官下去查访，赶快把白英找来。

众大臣加上地方官谁敢怠慢，立即分头去找，可两天过去了，撒出去的人陆陆续续地回来了，都没找到白英。皇上得报十分生气，有的大臣就撒谎说，他们在民间探听到了，白英果然会点泉，可见皇上梦得真准，明天再细细打听，一准把他找来。

皇上一琢磨也有道理，一般能人不露相，要暗访才行。于是对大臣们说："明天出去查访都不许穿官服，一律装扮成老百姓，更不准兴师动众，要悄悄地进村。只要用心，就没有访不到的道理！"

第二天一早，文武官员都脱了锦袍，卸了盔甲，换上粗布衣裳，分头到各集镇寻找。就这样走街串巷，到了中午饭时，还是没有探听到白英的消息。

却说有位私访的官员，见一个孩子正在运河边上的一棵老榆树上撸榆钱。下边站着位农妇，朝树上的孩子喊："白英，白英，快下来，吃晌午饭了！"

官员一听，心想：真是踏破铁鞋无觅处，得来全不费工夫。原来这孩子就是白英。等白英下了树，官员不由分说，拉着白英就上了龙舟。

皇上见是个孩子，就问："你是白英？"

白英点点头。

皇上又问："听说你会点泉？"

白英一脸茫然说："不会。"

皇上一听，脸色接着寒了下来，说："不会就杀了你的头！"

小白英一听要杀了他的头，吓得扭头就跑，皇上急忙叫嚷："快把他抓回来！"还没等大臣们反应过来，小白英早跳下龙舟跑远了。

皇上赶紧喊道："快撵！快撵！"

文武官员都跑下龙舟，文官们宽袍大袖，武官们叮叮当当，一个个跑着追赶小白英，场面好不壮观！

孩子毕竟是孩子，跑得再快也跑不过大人！小白英扭头一看，眼看就要被追上了，他心里着急，就在这时，挂在白英脖子上的小鲤鱼忽然闪闪发光，追赶在最前边的大臣一把把小鲤鱼从白英脖子上拽了下来。

大臣心想这是什么宝物，正要仔细看看，小鲤鱼竟从大臣手里滑了下去，落在了泥水里。大臣低头寻找，只见那小鲤鱼金光闪耀，蹦了三蹦，一次比一次蹿得高，一次比一次长得大，竟变成了一条丈多长的金鳞大鲤鱼，尾巴一摆便不见了。恰在这时，运河里就像开了锅，噗噗地直冒水泡。

小白英被追急了，边跑边喊："这里有泉眼！"

"这里有泉眼！"

说来奇怪，小白英跑一步，喊一声，指地为泉，脚起泉涌，一步一个泉眼。很快，白英跑过的地方，泉水咕咚，一会儿就汇成了汪洋……

运河里灌满了水，龙舟晃晃悠悠浮了起来。皇上见状，高兴地说："快把白英叫来，我要赏他！"

没一会儿，小白英被官员领上龙舟，来到皇上面前。皇上望着眼前的孩子，心想：我给他点啥呢？皇上摸摸口袋，空空如也。想来想去——那就封他个官吧！皇上左右瞧瞧，突然灵机一动，命令上至宰相，下至县官的各路官员，把官帽都摘下来，摆到甲板上，让白英自己挑，挑什么官帽，就封他什么官。

小白英好奇，将眼前的这些帽子挑来拣去，最后看着乌纱帽两边挑着圆圆的翅，颤颤悠悠的，好看又好玩，说："我要这个！"

他哪里知道这是天底下最小的官。皇上见了，哈哈大笑，说："好！就封你个七品芝麻官吧！"

等水涨船高，龙舟启航，皇上顺顺当当地过了南旺这段运河……

封禁数月的大运河终于可以自由航行了，新一轮的水上劳作也开始了。听，震天的起锚号子唱了起来：

千斤，万斤，小船，动身，

下江南一本万利，回家乡财源滚滚……

# 参考文献

[1] 杨朝明、王青著：《鲁国历史与文化》，文物出版社 2009 年版。

[2] 汪林、张骥著：《大运河的传说》，黄河出版社 2009 年版。

[3] 尹新中著：《济宁百景百咏》，中国文史出版社 2010 年版。

[4] 汪林、樊维章、张骥编：《济宁民间传说与歌谣》，中国社会出版社 2011 年版。

[5] 赵树国编：《济宁文化通览》，山东人民出版社 2012 年版。

[6] 曾振宇编：《儒家故事》，泰山出版社 2012 年版。

[7] 张九韶编：《济宁山水名胜》，中国社会出版社 2013 年版。

[8] 杨朝明编：《工圣鲁班》，中国社会出版社 2012 年版。

[9] 高广立、李心善编：《优秀传统文化》，山东大学出版社 2022 年版。

# 后　记

　　《丛书》（下编）的编纂，是在中共山东省委宣传部直接领导下完成的。省委常委、宣传部部长白玉刚同志统筹策划部署，并担任编委会主任，多次主持召开编委会会议，提出明确目标要求和指导意见。省委宣传部分管日常工作的副部长、省文明办主任、省新闻办主任袭艳春同志对本书的立项出版、风格设计等方面提出了许多宝贵意见。在魏长民、毕司东、程守田、张同海、冷兴邦等同志的大力指导支持下，以教育部人文社科重点研究基地山东师范大学齐鲁文化研究院为学术挂靠单位，组建了《丛书》编纂学术委员会，具体负责编纂学术指导、质量把关、终审定稿工作。山东师范大学特聘资深教授王志民任主任，山东大学儒学高等研究院教授杨朝明、中共山东省委党史研究院原一级巡视员韩延明、鲁东大学原副校长刘焕阳、山东齐鲁师范学院原副院长刘德增任副主任。

　　《丛书》（下编）为每市一卷共16卷，都列为山东省社科规划一般项目。在省委宣传部统一领导下，各市委宣传部负责本市卷的具体组织编纂工作。《丛书》编纂学术委员会制定了统一的《编撰体例》《编撰指导意见》；在主任全面负责下，分为4个片区，各由一名副主任作为首席专家具体指导，杨朝明教授：淄博、泰安、济宁、枣庄；韩延明教授：潍坊、临沂、日照、菏泽；刘焕阳教授：青岛、威海、烟台、东营；刘德增教授：济南、聊城、德州、滨州。各市委宣传部认真落实省委宣传部、编纂学术委员会的部署，大力支持编纂工作，组织有关部门与专家对提纲设计、样稿研讨、通稿定稿等关键环节，反复研讨、审议；各片区进行了多次研讨交流，相互借鉴，取长补短；各卷主编和全体编纂人员团结合作、齐心协力，付出了艰辛劳动。山东文艺出版社提前介入，对编纂工作和撰稿体例等提出了许多宝贵意见。在此，我们谨向为《丛书》编纂付出心血的各位领导、专家、作者和所有相关同志们表示诚挚感谢！

本册编纂，得到首席专家杨朝明教授悉心指导，中共济宁市委常委、副市长董冰同志，市委宣传部分管日常工作的副部长曹广同志、分管副部长王磊同志给予多方关心支持；文化专家周长征、周郢、刘续兵、宋立林、种滨、孔令绍等同志提出诸多意见和建议。主编汪林同志全面负责本册的编纂工作。主要作者（按收录篇目多少为序）为：汪林、杨义堂、陈思、王明珠、杨树林、张璐、汪灏、魏庆灿、刘勇等同志；摄影作者为：王雪峰、李晖、张建中、赵新宏、孙旭、高庆亮、魏国明、朱珠、尹新中、王保帅等同志。在此，一并致以谢忱。

由于学识水平与编纂时间所限，不足之处在所难免，敬请专家和读者批评指正。

编者

2023 年 8 月

232